COLLECTION FOLIO

Judith Perrignon

C'était
mon frère...

Théo et Vincent Van Gogh

Gallimard

Judith Perrignon est journaliste et écrivain. Elle a reçu le prix Marianne 2007, décerné par la chambre des notaires de la Moselle, pour *C'était mon frère...*

Les lettres ont été gardées dans leur version originale. Celles qui ont été écrites directement en français par Vincent et Théo contiennent des néologismes, des fautes d'orthographe ou de ponctuation.

Auvers-sur-Oise, 30 juillet 1890

J'entends sonner trois heures, j'entends crisser les cordes qui couinent de ton empressement à descendre dans le trou, j'entends battre mes tempes, j'entends parler le docteur, j'entends tes derniers mots, «*je voulais partir comme ça*», j'entends la terre par poignée tomber sur ton cercueil, j'entends les corbeaux, ils ont déserté ta toile pour être de la cérémonie, j'entends le silence qui chez nous autres a chassé les prières et les «Notre Père», et j'entends notre père qui toujours disait «*Vincent se perd*», j'entends le premier sermon que tu prononças dans une chapelle d'Angleterre, psaume 119 je crois, «*Je suis un étranger sur la Terre*». J'entends mes sanglots, je sens mon corps qui tremble. On dit qu'après l'amputation le membre sectionné bouge encore. Suis-je l'amputé ? Suis-je le membre amputé ?

*

Je t'ai fermé les yeux à une heure et demie hier matin. Et je suis resté à te regarder. Une grimace entaillait ton visage. Je voulais qu'elle disparaisse, que la sainte puissance qui nous mettait à genoux enfants fasse son travail et la chasse. Elle s'est entêtée. Le trou au-dessous de ton mamelon gauche était sec mais encore rouge. Tes doigts gardaient sous les ongles le vert, le jaune, le bleu que tu emmenas avec le pistolet, ce jour chaud qui t'offrait sa lumière, mais que tu choisis pour en finir. Les couleurs résistaient vaille que vaille à la craie blanche de la mort.

Ensuite j'ai fait les choses dans l'ordre. J'ai déclaré ta mort. Le maire et l'aubergiste Ravoux ont signé avec moi l'acte de décès. J'ai acheté la place numéro 76 au cimetière d'Auvers. Trente francs pour quinze ans. Tu ne me rendras pas l'argent puisque tu as rendu l'âme. J'ai écrit au mari de notre sœur Anna, je l'ai chargé d'annoncer la nouvelle à la famille, à notre mère surtout. J'ai commandé le cercueil chez le menuisier Levert, qui fabriquait tes châssis en rabotant les bords comme tu le lui demandais. Il a travaillé vite. J'ai demandé à l'abbé Tessier son corbillard. Il a refusé. Un suicidé, fils de pasteur de surcroît, n'a pas droit à l'escorte catholique. Je n'ai pas insisté. C'est sur la charrette municipale de Méry-sur-Oise que tu fis ton ultime promenade, contournant l'abside de l'église, puis longeant les blés fauchés, paysages d'Auvers figés sur des toiles que j'ai ramassées dans ta chambre.

Lucien Pissarro est là. Émile Bernard et le père Tanguy aussi. Ils m'ont dit leur déception de ne pas avoir revu ton visage. Ton cercueil était déjà fermé lorsqu'ils sont arrivés. Je regardais passer, entre les planches grossièrement assemblées, le goutte-à-goutte du Phénol versé sur ton corps pour atténuer la puanteur de la mort.

Nous avons couvert le tout d'un drap blanc et de fleurs jaunes comme la lumière, des tournesols et des dahlias. Sur les murs de l'arrière-salle de l'auberge, nous avons cloué tes dernières toiles. Elles rendent ta mort plus pénible encore aux artistes. Tu avais pris de bons centimètres dans le cœur et l'estime de ces gens-là. Je les entends qui bavardent derrière moi alors que nous montons sous le soleil de plomb vers le cimetière, ils parlent de tes grands projets, de cette poussée hardie que tu donnais à l'art, du bien que tu leur faisais à eux tous.

C'est l'un d'eux, ce peintre hollandais Hirschig, ton voisin de chambre à l'auberge, qui est venu

13

me prévenir. Après une nuit passée à t'entendre gémir, sûrement dans notre langue, de l'autre côté du mur, il a pris le train, avec une lettre du docteur Gachet. Il s'est présenté à la galerie. Tu avais jugé inutile de donner mon adresse.

J'aurais voulu, oui, être une menace pour tes morbides projets, j'aurais voulu arrêter la balle dans sa course, qu'elle laisse en paix ton cœur. Mais je n'ai rien empêché. J'ai espéré qu'une fois encore tu t'en sortirais. Je l'ai même écrit à Jo, je lui ai dit que ta vie était en danger mais que tu t'informais d'elle et de notre enfant, je lui ai dit de ne pas trop s'inquiéter car chacune de tes crises fut désespérante et chaque fois ta constitution trompa les médecins.

*

J'ai reconstitué ce soir-là. Ce dimanche où tu partis dans les champs à l'arrière du château d'Auvers après le déjeuner, pour ne réapparaître qu'à la nuit tombée, en retard pour le dîner, ta main sur l'estomac, exagérant cette habitude que tu avais d'avoir une épaule plus haute que l'autre. J'ai réclamé chacun de tes mots. La mère Ravoux t'a demandé s'il était arrivé quelque chose. Tu as bafouillé que non, sans pouvoir finir ta phrase, et tu es monté dans ta chambre. Ravoux t'y a suivi, il t'a trouvé recroquevillé sur ton lit, t'a demandé si tu étais malade. Alors tu as soulevé ta chemise et montré le trou près de ton cœur. « *Je voulais me tuer* », as-tu dit. Comme ça, de ta voix calme et décidée. Tu as ensuite parlé à Hirschig, « *Je m'emmerdais alors je me suis tué* ». Tu as demandé qu'on bourre ta pipe. Le lendemain, poussés vers l'auberge par la rumeur publique, les gendarmes sont montés jusqu'à ta chambre.

« Est-ce vous qui avez tenté de vous suicider ?

— Oui, c'est moi.

— Vous savez que vous n'en avez pas le droit !

— Gendarme, mon corps m'appartient et je suis libre d'en faire ce que je veux. N'accusez personne, c'est moi qui ai voulu me suicider. »

J'ai l'impression de t'écrire encore. Mais je parle tout seul. Je ne dois plus guetter tes enveloppes devant ma porte. Dans la poche de ta blouse, j'ai retrouvé quelques lignes griffonnées sur un papier, j'y ai reconnu le brouillon d'une lettre que tu m'as envoyée, j'y ai reconnu nos disputes...

je te le redis encore que je considérerai toujours que tu es autre chose qu'un simple marchand de Corots que par mon intermédiaire tu as ta part à la

*production même de certaines toiles qui même dans
la débâcle gardent leur calme.*

*Car là nous en sommes et c'est là tout ou au moins
le principal que je puisse avoir à te dire dans un
moment de crise relative.*

*Dans un moment où les choses sont fort tendues
entre marchands de tableaux — d'artistes morts —
et artistes vivants. Eh bien mon travail à moi, j'y
risque ma vie et ma raison y a fondrée à moitié —
bon — mais tu n'es pas dans les marchands
d'hommes ; pour autant que je sache et puisse prendre
parti je te trouve agissant réellement avec humanité
mais que veux-tu*

J'ai l'habitude de tes griefs, de ta mauvaise
humeur, de tes doutes, de tes déceptions. Je sais ta
volonté de m'arracher à nos racines glacées, à mon
commerce frileux. Tu m'en as souvent fait part.
De nous deux, vieux frère, tu étais le plus âgé, mais
je te devais réconfort. De nous deux tu étais l'artiste, mais tu voulais croire que nous fabriquions
ensemble. Et j'ai vécu là, dans ce fossé que tu creu-
sas entre toi et le monde, ne sachant choisir, bri-
colant de chaotiques passerelles à mes hésitations,
m'éloignant parfois, te retrouvant toujours.

Je n'ai fait de toute ma vie que tenter de recol-
ler les morceaux. Entre toi et les parents. Entre toi
et les autres. Entre toi et moi. Et je continue. Je

fais des piles de tes toiles, je demande aux gens d'Auvers de me raconter tes derniers jours. Je rapièce ta vie pourtant terminée, là, penché sur ta fosse.

Ta mort a lancé ses reproches à mes trousses.

*

Que le murmure des tournesols t'accompagne, qu'il te rappelle la lumière, la couleur des blés, les arbres qui se découpent le soir alors que le ciel se déploie, plein d'étoiles.

Tu m'as écrit que dans la vie du peintre, la mort n'est pas ce qu'il y a de plus difficile. Tu disais qu'un peintre qui s'en va parle à une génération suivante. Sache que la mort est plus noire que l'image que tu en avais.

J'ai pensé dire quelques mots. Mais je n'ai pas pu, j'ai bafouillé des remerciements, rien de plus, excuse-moi. Le docteur Gachet s'en est chargé. Il pleurait, lui aussi. Il a dit l'essentiel. Que tu étais un homme honnête, un grand artiste, qu'il n'y avait que deux buts à ta vie, l'humanité et l'art. Et que c'est l'art que tu chérissais au-dessus de tout, qui te ferait vivre encore.

Moi, simple marchand des peintres morts et trop peu des vivants, je ne sais rien de ce présage. J'aurais voulu ajouter : c'était mon frère.

Auvers-sur-Oise, le même jour

La chambre numéro 5 est minuscule. J'ai compté quatre pas de la porte à la lucarne. Pourquoi prendre les mesures d'un lieu que l'on quitte ?

Des yeux, je vais parmi les creux et les restes : les bras ballants d'une veste de laine que je t'avais envoyée, les couleurs à l'abandon dans leurs tubes tordus par tes mains, les poussières du tabac que tu fourrais dans ta pipe, les plis sur la couverture qui semble vouloir retenir la marque de ton corps, le lit...

Combien de lits ? Combien de télégrammes, de courses folles, de trains de nuit, pour accourir ? Pas tant que ça... Mais l'inquiétude, si ancienne, m'installa, il y a bien longtemps, à ton chevet.

Au milieu de ta dernière nuit, j'étais allongé là, ma tête près de la tienne sur l'oreiller. Je colle aujourd'hui mon oreille au passé.

Il y avait un livre que nous lisions enfants, le livre d'images sans images d'Andersen. Le conteur vit dans une petite mansarde semblable à la tienne, et, chaque soir, la Lune vient le voir, lui décrit les paysages et les hommes, ceux des bords du Gange, du Groenland, du Sahara, des ruines de Pompéi, elle lui murmure : « *Peins ce que je te raconte et tu auras un beau livre d'images.* »

Mais toi, tu ne peignais que ce que tu voyais ! Tu t'en allais même capturer la Lune... Tu emportais du jaune, du bleu, du violet, jamais de noir pour la nuit, et tu t'installais sous un bec de gaz.

Il y a des toiles qui sèchent, suspendues à l'autre mur. La trace de ton pinceau est encore fraîche. Je reconnais ton geste, à la fois rapide et insistant, je vois tes convulsions dans l'épaisseur de la couleur. Et ton œil aux commandes, infatigable jouisseur.

*

J'étouffe. Je tombe la veste, je desserre le nœud de ma cravate. L'air se fait rare, c'est celui chaud et lourd de fin juillet, c'est celui de l'absence qui s'installe, ferme la porte de l'intérieur, et laisse sur les lieux de son crime une balle, un brouillon inachevé, un « Que veux-tu ». C'était là une expression courante de Vincent, un fataliste « *Que veux-tu c'est comme ça* », mais au fond de sa poche de suicidé, c'est devenu l'ultime mot, une question qui m'est adressée.

Vincent était fâché. En tout cas contrarié.

Il y a trois semaines, il était venu chez nous à Paris. L'atmosphère était lourde. Les heures lentes. Plus rien n'y épousait ses rêves. J'aurais dû être un frère, un ami, un artiste avec lui comme il l'avait décrété, mais j'étais un père épuisé, un mari tendu, un employé qui réclamait de la considération. J'avais envoyé ma démission à mes patrons, Boussod et Valadon, je les appelle « *les rats* ». Ils ne se donnaient pas la peine de me répondre, ils ne faisaient même pas semblant de me créditer de ce courage-là. Johanna avait les gestes saccadés d'une mère défaite. Notre petit sortait à peine d'une allergie au lait qui avait mis ses jours en péril.

La litanie du présent nous glaçait. Il n'y eut ni colères ni disputes, mais quelques gestes trop pressés, quelques discussions avortées suffirent à atteindre Vincent.

Il passa voir ses toiles chez notre ami marchand de couleurs, le père Tanguy. Sa petite boutique sombre de la rue Clauzel était un refuge. Tanguy vendait à bas prix, il faisait même crédit, et stockait les œuvres partout repoussées, qu'il exposait parfois en devanture, ou adossées aux barreaux des chaises alignées chez lui. Il aimait la lumière des toiles de Vincent, qu'il brandissait en criant au chef-d'œuvre, mais s'il lui ouvrait les bras si chaleureusement chaque fois, c'était pour sentir gronder l'orage dans sa poitrine.

Il y avait chez cet homme illettré, insurgé de la Commune, condamné à l'exil dont il était revenu, amateur du *Cri du peuple* qu'il déchiffrait à peine, les restes d'une tempête ancienne dont Vincent aimait le souffle. Le socialisme de Tanguy avait immédiatement reconnu l'idéalisme de Vincent, et vice versa. Vincent trouvait en lui la trace et la couleur d'une révolte indélébile.

Mais ce jour-là, ni les gestes affectueux, ni les encouragements sortis de la barbe de l'ami ne calmèrent Vincent. Tanguy le trouva sombre, triste. Vincent ne vit dans sa boutique que l'amoncellement, le désordre, et la poussière. En rentrant, il se plaignit que ses toiles étaient, là-bas, mal conservées.

J'ai soupiré que je n'avais plus assez de place chez moi.

Vincent me regarda alors, d'une prunelle qui mélangeait l'eau et le feu. Il ne dit rien, mais je devinais ce qu'il pensait : cette œuvre commune à laquelle il aspirait pour lui et moi avait dégénéré en une pesante protection. Il avança son retour à Auvers.

Je me rappelle son rire au déjeuner qui précéda son départ. Des éclats sonores et nerveux qui découvraient ses fausses dents, semblaient dire « *Je m'en vais, plus de place ici* ». Des éclats comme des entailles.

Nous étions chez moi, il y avait là le critique Aurier, le seul qui, avec toute l'audace de sa jeunesse, ait jamais publié un article sur la peinture de Vincent. Il l'avait découverte dans un coin du Salon des indépendants, quelques mois plus tôt, et avait même écrit « *génie* ». Il poursuivait à table ses encouragements, mais Vincent se plaisait à les tempérer puis à les ignorer. C'est avec Toulouse-Lautrec, présent lui aussi, qu'il riait. Ils s'entraînaient l'un l'autre de ce rire faussement insouciant qu'ils pratiquaient ensemble, membres d'une tribu de peintres inconvenants qui, depuis quatre ans déjà, s'échangeaient des toiles pour se témoigner reconnaissance, se réchauffaient à l'absinthe, cette « *fée verte* » qui enchantait leurs gosiers chez Bataille, rue des Abbesses, comme aux cuisses charnues des femmes légères au Tambourin tenu par la Segattori, boulevard de Clichy. Il y avait entre eux des souvenirs de nuits tombantes où Vincent s'isolait avec la Segattori, Agostina de son prénom, plantureuse Napolitaine, preneuse et donneuse de caresses incorrectes, tandis que Lautrec versait du cognac sur la fée verte, et baptisait son cocktail, « *le tremblement de terre* ». Vincent partageait avec lui cette volonté de ne pas imiter la vie des autres hommes, cette ardeur à brûler ses racines. Il avait affronté la rigueur austère de nos attaches hollandaises, son comparse vomissait dans les bas quartiers le destin d'aristocrate qui l'attendait.

Vincent repartit dans l'après-midi pour Auvers. Dans l'escalier, il avait encore ri avec Lautrec. Nous venions de croiser deux hommes raides et habillés de sombre, ils se moquèrent de leur allure de croque-morts.

*

Dans ton fatras, j'ai trouvé quelques lettres. Une de Gauguin qui parle vaguement d'embarquer pour Madagascar. Une autre de moi, je l'ai écrite la semaine dernière, en français, parce que tu le faisais et que tu trouvais qu'il y avait plus de chance de se comprendre à écrire dans la même langue. Je bute sur mes propres mots qui te supplient de ne pas croire que je m'éloigne parce que j'ai femme et enfant.

Notre vie, justement par cet enfant, est si étroitement liée que tu ne dois pas avoir peur qu'une petite

différance me puisse occasionner un écartement...
Crois moi.

Ton frère qui t'aime.
Théo.

Je déteste mon impuissance à te convaincre.

Parmi tes brouillons et tes pages griffonnées, je ne lis que des reproches qui grimpent pêle-mêle dans ma tête. Tu dis que je te manque, que tu me vois en crise au travail, en crise avec ma femme, que je préfère voyager aux Pays-Bas plutôt que venir à Auvers près de toi.

Je fuis tes lettres.

*

Il y a deux crépons d'estampes japonaises fixées au mur et au pied du lit. Je me rappelle les mots enthousiastes de Vincent, ils reviennent avec la précision d'une récitation apprise par cœur.

J'envie les japonais, l'extrême clarté de leur travail. Le japonais dessine vite, très vite comme un éclair, c'est que ses nerfs sont plus fins, son sentiment plus simple. Tu ne peux pas étudier l'art japonais sans devenir plus gai et plus joyeux.

Je me rappelle sa promesse.

J'ose presque t'assurer que ma peinture deviendra meilleure car je n'ai plus que cela.

Je me rappelle les couleurs, dont il passait commande, avec une grande précision.

Dès que tu pourras et même aussitôt si la chose serait possible il faudrait encore
10 mètres toile à fr 2.50. Ensuite gros tubes comme le blanc d'argent et le blanc de zinc.
blanc de zinc, 10 tubes des plus gros
blanc d'argent, 5 tubes des plus gros
Jaune chrome 1, 5 des plus gros
Jaune chrome 2, 3 tubes des plus gros
Bleu de Prusse, 3 des plus gros
Laque Géranium, 5 tubes moyens
Vert Véronèse, 5 tubes les plus gros

Je me rappelle...

C'était le mois de mai dernier. Vincent revenait de Saint-Rémy et s'en allait pour Auvers, en passant quelques jours à Paris. Au premier matin, il fut aussi ponctuel que le soleil. Je le trouvais debout en bras de chemise au milieu de l'appartement de la cité Pigalle, dévisageant ses toiles suspendues aux murs. Dans la chambre, les vergers en fleurs. Dans le salon, un paysage d'Arles, et la nuit étoilée sur le Rhône. Dans la salle à manger au-dessus de la cheminée, les mangeurs de pommes de terre. Vincent ne disait rien. Ces têtes marquées de paysans qui mangent avec leurs mains, il s'y était beaucoup entraîné. Il en avait peint des dizaines, avait fait bien des croquis qu'il m'envoyait, avant de se mettre au tableau. Il avait tenu à cette longue répétition. Non pas qu'il voulût qu'on le trouvât beau son tableau, mais plutôt qu'il suinte le repos et la nourriture mérités par ces gens au dos fourbu.

Cinq années, qu'il avait peint cette toile. Il était alors un homme du Nord, il avait vécu parmi les mineurs, cherché la compagnie de Dieu et des humbles. Ce matin-là, planté devant elle chez moi, il revenait du Sud, d'une année parmi les fous à l'asile Saint-Paul-de-Mausole à Saint-Rémy-de-Provence. Et il ne disait rien. À quoi songeait Vincent arpenteur des franges du monde, entre mes murs bourgeois, mes soucis de marchand, ma femme, et mon fils ? Ressentait-il ces vents contraires qui ont soufflé sur nous, faisant dériver l'un, et filer l'autre droit, aussi secs et violents que le fut la sentence parentale tombée bien des années plus tôt ?

Maintenant que l'aîné a fait tanguer le navire, nous espérons doublement que le deuxième saura le remettre dans la course.

Non, son regard était ailleurs, emporté par la peinture, entêtante tempête, plus puissante que ces courants d'air qui balaient les chimères familiales. C'est elle, rien qu'elle, que Vincent regardait. C'est en se parlant d'elle que nous nous sommes toujours compris, rejoints et fait des confidences. Elle qui, depuis l'adolescence, transportait nos chagrins et nos espoirs.

Vincent s'était ensuite agenouillé. De dessous le lit, le canapé, le placard, il avait sorti toutes les autres toiles, que j'empilais là, sans cadre ni baguette. Il les avait étalées par terre. Ses couleurs, ses paysages, ses lumières, ses personnages, ses ciels, ses jours, ses nuits, ses voyages couraient tel un lierre rampant sur le sol de mon appartement.

*

Je suis accroupi devant deux cartons rebondis posés sur le sol. Mes mains parcourent les dessins, les papiers, les crépons, les feuilles maculées d'huiles. Je fouille à mon tour le passé, la peinture, les brouillons de Vincent. J'en donnerai à Gachet et ses enfants, à l'aubergiste Ravoux, au menuisier Levert, dont Vincent avait peint le fils. Je suis las. Mon corps ne répond qu'aux secousses de la mémoire.

Vincent à genoux, chez moi, sur sa peinture, planisphère de sa vie.

Moi à genoux, chez lui, la main hagarde, et naguère trop timide, lorsque à la galerie, rue Montmartre, je glissais quelques-unes de ses toiles et études parmi celles d'autres peintres dans l'arrière-magasin, résolu à les sortir le moment venu. Qui n'est pas venu.

Vincent à genoux, chez moi, sur sa peinture, planisphère de sa vie, qui se pencha l'œil mouillé, sur le berceau de l'enfant et puis dit en se tournant vers Jo, « *Ne le couvre pas de trop de dentelle petite sœur* ».

Moi à genoux, qui appelai mon fils Vincent, et eus donc chez moi Vincent dans le berceau et Vincent, qui ne signait que Vincent, sur les murs, sous le lit, sous le placard, sous le canapé, dans chaque recoin de ma vie.

Vincent à genoux, chez moi, sur sa peinture, planisphère de sa vie, d'une éblouissante lumière et qui, le jour de ce premier départ pour Auvers, promit de revenir faire les portraits de la famille.

Moi à genoux, chez lui, qui implore encore sa compagnie.

Vincent à genoux, qui avait un jour écrit :

Pour l'instant je suis le petit bateau que tu as en remorque, et qui parfois peut apparaître comme un fardeau dont tu pourrais te débarrasser en coupant la corde si tu le voulais.

Moi à genoux, qui jamais n'ai coupé la corde.

*

J'ai fui Auvers le soir même. À Paris, j'ai dormi chez Dries Bonger, mon ami et beau-frère, plutôt que d'être seul. Jo est à Amsterdam chez ses parents avec le petit. Le lendemain, de retour dans l'appartement, j'ai écrit à notre mère, pour annoncer mon arrivée.

C'est une tristesse qui me pèsera toujours et ne me quittera pas aussi longtemps que je vivrai. L'on peut se dire qu'il a trouvé le repos qu'il recherchait. La vie lui pesait tant. Et comme à chaque fois, maintenant tout le monde loue son talent. Oh mère, il était mon frère à moi.

Leyde, Hollande, août

Elle est d'abord un petit point sur la route, un pas pressé et trébuchant qui trahit de longues heures d'attente. Elle est ensuite une figure toute droite, à la nuque raide que ni le chagrin ni l'âge n'ont fait ployer. Elle est enfin deux yeux sans larmes, une raie parfaite au milieu de ses cheveux blancs tirés en chignon, chemin impeccablement tracé depuis l'enfance. Ma mère est venue au-devant de moi.

Moe, silhouette inflexible du tableau familial. Fille d'un maître relieur à la Cour, puis épouse du pasteur Van Gogh. Elle est de ces femmes qui ne plient l'échine que devant Dieu, n'usent jamais de fard, et savent maquiller l'émotion.

Mais son étreinte est plus longue, plus forte que celle des simples retrouvailles, ses mains me touchent, descendent doucement depuis mon front jusqu'au menton, du menton aux épaules, des épaules aux poignets, ses caresses enfreignent la pudeur familiale. On dirait que ma mère vérifie que je suis entier.

Vincent mort est déjà là.

Il a peint de blanc les visages, de noir les vêtements clairs de l'été. Et rougi les yeux de Wil, ma plus jeune sœur. Il s'est annoncé la veille au matin, comme je l'avais souhaité. Mon courrier posté d'Auvers est arrivé chez Anna, l'aînée, elle courut chez notre mère la lettre à la main, tomba sur Wil, qui monta jusqu'à la chambre, le visage mouillé de larmes. Moe ne lui laissa pas le temps d'articuler un mot.

Est-il mort ? demanda-t-elle.

Et Vincent-mort est entré.

*

Doucement, Moe m'entraîne vers l'intérieur, m'interroge sur mon voyage et ma fatigue. Je la rassure. Nous marchons vers notre conciliabule, je ne sais lequel s'appuie sur l'autre.

Nous nous sommes assis dans le salon, côte à côte au bord de la table ronde. Elle semble fouiller le silence, tandis que je défais mon sac, tel un messager pressé de s'acquitter de sa tâche. Je cherche un dessin, Vincent de profil, plus très loin de

31

l'ultime soupir, croqué par le docteur Gachet. Le voilà, elle le contemple longuement, elle cherche sous ces traits tirés par la mort impatiente, le visage de celui qu'elle n'a plus revu depuis des années et qui glissa si vite de l'enfance vers l'absence.

Elle dit tout bas qu'elle est heureuse qu'il ait eu un frère à ses côtés pour lui fermer les yeux. Que dans certaines de ses dernières lettres, il parlait de son envie de revoir les siens.

La peinture est un monde en soi. J'ai lu quelque part, l'année dernière, qu'écrire un livre ou faire un tableau, c'est comme avoir un enfant. Je n'ose pourtant pas m'approprier le propos. J'ai toujours trouvé que la dernière de ces trois choses était la plus naturelle et la meilleure, en admettant que le propos soit vrai, et que les trois choses soient égales.

C'est pour cela que je fais parfois de mon mieux, bien que ce travail-là soit justement le moins compris, et c'est pour moi l'unique lien qui relie le passé au présent.

J'explique à ma mère qui est ce Gachet, médecin d'Auvers-sur-Oise qui dessina Vincent faute de pouvoir le sauver, un homme entre ville et campagne devenu l'ami des peintres.

Je suis venu déposer devant elle toute l'estime

due à Vincent. Toutes les preuves que ce fils aîné qui brisa un à un les usages et les espoirs familiaux n'avait pas fait tout cela pour rien. Que de la sombre région solitaire en lui, que de son œil fixe et brillant qui désarmait tant les siens, était née une peinture qui avait valeur d'œuvre d'art.

J'ai emporté les lettres reçues depuis la mort de Vincent. Pour Moe, je les traduis à voix haute.

Ce matin, nous avons reçu la lamentable nouvelle de la mort de votre pauvre frère, mon fils Lucien n'a eu que quelques minutes pour prendre le train avec l'espoir d'assister à l'enterrement. J'aurais bien voulu en faire autant, mais je ne pouvais être prêt à temps. J'avais une grande sympathie pour cette âme d'artiste qu'était votre frère et qui laissera un grand vide parmi les jeunes. Camille Pissarro.

À peine ai-je terminé une lettre, qu'une autre commence.

J'apprends à l'instant par un billet de faire part qu'on me fait suivre ici, l'affreux et si inattendu malheur qui vient de vous frapper. Je tiens à vous témoigner combien profondément je m'associe à votre douleur. Je n'ai point besoin de vous dire — Vous le savez, n'est-ce pas ? — en quelle haute estime artistique je tenais celui que vous pleurez aujourd'hui. Je

33

n'ajouterai donc qu'un mot : Des hommes tels que lui ne meurent point tout entier. Il laisse une œuvre qui est une partie de lui-même et qui, un jour, nous en sommes sûrs vous et moi, fera revivre son nom et pour éternellement. Faible consolation sans doute pour votre affection de frère, mais consolation pourtant et dont beaucoup sont privés devant cet irréparable. Gustave-Albert Aurier.

Je raconte Aurier, l'éloge fait à Vincent paru au *Mercure de France*. Me revient même cette réaction de l'ami Gauguin : un peu jaloux sûrement, il proclama qu'il allait écrire au journal et dire qu'il était arrivé au pôle Sud vingt-quatre heures avant ledit Van Gogh ! Je dis tout ça à ma mère, j'entends mon rire triste où gisent les blagues enterrées. Je ne fais grâce d'aucun détail utile à la réhabilitation...

J'entends maintenant ma voix qui enfle et avec elle le cortège des funérailles de Vincent. Nous n'étions, à travers Auvers, qu'une poignée d'accablés dans le sillage d'une charrette. Le village avait tiré ses volets pour se protéger de la chaleur, notre passage n'attira que quelques regards curieux, peut-être même quelques signes de croix offerts pieusement à l'inconnu qui s'en allait. Mais j'étoffe la cérémonie, je convoque mots et silhouettes de ceux qui n'en étaient pas.

Mon cher ami. J'ai reçu trop tard la lettre de faire part de votre pauvre frère pour me rendre à son enterrement. Vous savez quel ami c'était pour moi et combien il a tenu à me le prouver. Je ne puis malheureusement reconnaître tout cela qu'en vous serrant bien cordialement la main devant un cercueil. Je le fais et vous prie de me croire vôtre. Toulouse-Lautrec.

Elle m'écoute, je vois bien qu'elle ne retient pas les noms, qu'elle ne comprend pas toujours l'importance ni le rôle de ces personnages français, mais je veux qu'elle entende que son fils aîné, porté ici enfant perdu, a laissé là-bas une trace.

Elle m'observe, surtout. Elle doit me trouver pâle et agité. Je connais son regard enveloppant, ses yeux grands ouverts posés sur moi si conforme à son désir, et ses paupières qui s'abaissent quand surgit le prénom de Vincent. Je sais qu'elle renonça à lui bien avant sa mort.

*

Enfant, il était difficile et entêté, il avait déjà cette façon de pousser la discussion jusqu'à tendre les nerfs de l'autre. J'étais plus facile, plus léger.

Lors des promenades quotidiennes derrière notre père, dans la campagne de Zundert, à travers la forêt de pins, les talus recouverts de bruyère, les champs de blé et de seigle, je criais fort, je sautais loin. Je ne me lassais pas des interminables glissades sur la petite butte derrière la maison, dans le jardin je courais sans cesse entre les parterres de fleur et le linge étendu à même la pelouse. Vincent était plus solitaire. Il s'en allait par une petite porte, traversait les champs, et se dirigeait vers le ruisseau muni d'une bouteille et d'un filet pour attraper les menus habitants de l'eau. Il était habile à ce jeu-là.

Il avait aussi des boîtes de carton blanc où il alignait de gros coléoptères avec des écailles luisantes et de grands yeux ronds. Il les attrapait, les conservait avec du camphre et les épinglait par rangée. Il connaissait par cœur le nom compliqué de chaque espèce et l'écrivait en latin sur des bandes de papier qu'il collait ensuite sur les boîtes. Je m'en souviens maintenant, comme des collections de plantes et de nids qu'il ramassait en arpentant les environs. Il dessinait déjà la nature.

Vincent-enfant capturant des miettes de campagne, c'est Vincent dans ses lettres racontant le ciel, les arbres, les couleurs glanées par la vitre d'un train, ou d'un asile de fous du côté d'Arles, c'est Vincent sur le quai de la gare à Auvers qui nous accueille, moi et Jo, avec un nid d'oiseau qu'il veut montrer à notre fils. C'est Vincent-mort laissant des toiles qu'on dirait arrachées au paysage avec l'aimable participation du soleil.

Le résidu des années passées, fragments d'élans éparpillés, doutes adoucis en pleine nature, s'assemble et trouve un sens. Je me rappelle nos genoux douloureux et sales à force de ramasser les squelettes de petits animaux, nos doigts tremblants d'enfants obstinés et appliqués à ne rien briser, notre patience à l'un et l'autre à chercher les os manquants, les devinettes ensuite pour donner un nom à nos dépouilles.

Moe se souvient subitement et presque gaiement qu'à onze ans Vincent offrit un dessin pour l'anniversaire de notre père.

« Peut-être était-ce une alouette, comme nous en guettions dans le ciel, l'été, jusqu'à en attraper le torticolis.

— Il fut en tout cas encadré avec enthousiasme ! » ajoute Moe.

Elle me suit, pas à pas. Je lis, elle m'écoute. Je souris, elle sourit. Nous empilons nos images. Elle se souvient de moi, triste gamin planté sur le chemin qui regardait s'éloigner jusqu'à n'être qu'un tout petit point la diligence qui emmena Vincent vers le pensionnat de Zevenbergen. Elle me revoit, levant les yeux et réclamant à mon frère qu'il m'emmène regarder le nid de pie tout en haut de l'acacia dans le cimetière. Elle se rappelle nos mains dans le sable du jardin, nous bâtissions des châteaux forts.

« Très vite, dit-elle, vous avez été deux. Une petite chambre à vous deux. Parfois, vos têtes posées sur le même oreiller. »

*

C'est elle qui m'accompagne, pas l'inverse. La mort prend tristement ses quartiers dans sa tête de vieille dame éduquée à la fatalité par la vie, les hommes et Dieu. Moi, la mort m'aspire.

Voilà déjà près de deux heures que nous nous parlons. La nuit est tombée. Elle fait grandir les arbres derrière la fenêtre. Je continue pourtant, je repousse la vaisselle du dîner, je pose une pile de bristols et de condoléances sur la table du salon, pour les imposer au monde raisonnable de Pa et Moe. Je veux lire encore.

Mon cher Van Gogh
Nous venons de recevoir la triste nouvelle qui nous afflige. En cette circonstance je ne veux pas vous faire des phrases de condoléances. Vous savez qu'il était pour moi un ami sincère et qu'il était un artiste, chose rare à notre époque. Vous continuerez à les voir

en ses œuvres. Comme Vincent le disait souvent : La pierre périra, la parole restera. Et pour moi je le verrai mes yeux et mon cœur dans ses œuvres. Paul Gauguin.

Mais bientôt j'ai épuisé les mots qui disent l'estime et la tristesse. Moe n'a plus de souvenirs à raconter. L'horloge égrène les minutes de la nuit. Je frissonne et je tousse, comme chaque soir. Doucement nous avons rejoint nos chambres, et nous sommes retrouvés au matin au même endroit, auprès de la bougie éteinte et diminuée, comme si nous en avions tacitement convenu la veille.

Moe a apporté de la lecture. Elle a en main une liasse de papiers jaunis, d'anciennes lettres que Vincent m'envoya alors que je vivais encore chez les parents. Il était à Paris, employé de la firme Goupil, négociants d'art, puis en Angleterre, où il occupait un poste d'assistant instituteur dans une école privée de garçons, tout en se rêvant homme d'Église, digne fils d'une famille de pasteur. Il avait vingt-trois ans.

Moe garde précieusement ces lettres, comme je le fais de toutes les suivantes. C'est elle qui nous enseigna l'art de la correspondance. Et c'est Vincent qui l'instaura entre nous. Je lui avais rendu visite quelques jours à La Haye où il travaillait comme commis chez Goupil, à la fin de l'été 1872. Je venais à peine de repartir qu'il m'écrivit...

Tu m'as manqué les premiers jours, je trouvais étrange de ne pas te retrouver à midi.

Après les avoir parcourues, Moe me tend les pages une par une. Je m'arrête sur les détails des descriptions parisiennes de mon frère, alors installé dans une petite chambre de Montmartre avec au mur des gravures de Rembrandt, Corot, Millet, Daubigny, j'y reconnais la ville où je vis désormais, ses patrons devenus les miens. Il y a dans les mots de ces années-là l'écho rassurant de l'aîné qui me devance, et les bruits d'une frémissante petite république des arts. Puis je respire les odeurs d'Angleterre : Ramsgate, une ville sur la côte est, 6 Royal Road, une école de garçons dont les fenêtres laissaient voir la mer, et les dimanches, au soir de rares visites, des parents qui faisaient adieu de la main.

Mais plus je les lis, plus les mots passés de Vincent me brûlent les lèvres et les doigts. Je les reçus à l'aube de mes vingt ans et je n'en compris pas toujours la signification. Aujourd'hui, j'y vois un frère égaré qui s'embrase, dévore et consume tout sur son passage, la foi, la famille, les livres... Je déchiffre le départ du feu.

40

31 mars 1876 : ... *Et je pensais à nous tous, et aux années que j'ai vécues, à nous chez nous, et des mots me venaient aux lèvres : « gardez-moi d'être un fils dont on puisse rougir, donnez moi votre bénédiction, non parce que je la mérite, mais pour l'amour de ma mère ».*

2 août 1876 : ... *Celui qui est là-haut peut faire de nous les frères de Pa. Il peut aussi nous lier toi et moi étroitement l'un à l'autre et de plus en plus à mesure que le temps passera. Qu'il en soit ainsi. Car tu sais, n'est-ce pas mon vieux, j'espère que tu sais combien je t'aime.*

26 août 1876 : ... *Le matin, il fait tout frisquet. Les garçons courent en tous sens pour se réchauffer. Il m'arrive le soir de leur raconter des histoires, les contes d'Andersen,* L'Histoire d'une mère, Les Petits souliers rouges, La Petite marchande d'allumettes... *Parfois aussi quelque haut fait de l'histoire de la Hollande.*

Octobre 1876 : *Que nous nous voyons rarement mon vieux, et comme nous voyons peu nos parents ! Et pourtant si fort est en nous le sentiment de nos origines et celui que nous avons l'un pour l'autre, que parfois le cœur se soulève et que le regard monte vers Dieu et supplie : « Ne me laissez pas m'égarer trop loin d'eux, pas trop longtemps Seigneur. »*

Décembre 1876 : *Théo, ton frère a parlé pour la première fois, dimanche dernier, dans la maison de Dieu.*

Vincent était devenu l'assistant d'un révérend méthodiste, il avait joint à la lettre le texte de ce sermon, qui m'est revenu il y a quelques jours dans le cimetière d'Auvers. Je le relis. Pour moi d'abord. Puis les mots viennent à ma voix, comme chuchotés par Vincent-mort, lové quelque part tel un souffleur dans la pièce.

Notre vie nous pourrions la comparer à un voyage. Nous allons du lieu où nous sommes nés vers un port lointain. Notre enfance pourrait être comparée à une partie de canot sur un fleuve ; mais bientôt, oui bientôt, les vagues deviennent hautes, le vent plus violent. Presque sans nous en être aperçu nous voilà sur la mer et la prière de notre cœur monte vers Dieu : « Seigneur, protège-moi car ma barque est si petite et ta mer si grande. » Le cœur de l'homme est semblable à la mer, il en a les marées, il en a les tempêtes ; il a sa profondeur. Il a aussi ses perles. Et le cœur qui cherche Dieu a plus qu'un autre ses tempêtes...

*

Sans même la regarder, j'ai senti plier la nuque de ma mère sous le col de crêpe noir. J'interromps ma lecture. Elle ne veut laisser voir son visage, interdit aux larmes, se tordre aux mots d'il y a plus de quinze ans, au souvenir de ce fils qui s'agenouillait devant Dieu pour recevoir l'onction parentale, se tendait de tout son être pour obtenir le pardon d'hésiter sur sa voie. La veille, l'enfant solitaire qu'elle évoquait la faisait sourire, le peintre infatigable que je lui contais était un inconnu qui la laissait triste et résignée. Mais ce fils de vingt-trois ans, qui en appelait à l'affection, réveille en elle d'anciennes douleurs.

Il implorait avant que la tempête qui grondait en lui ne l'emporte et ne l'éloigne. Il tirait sur les attaches familiales pour vérifier qu'elles tenaient encore. Pourtant déjà, notre père ne terminait plus la lecture de ses lettres exaltées. Il les reposait dans un soupir d'exaspération. Moe ne disait mot, et finissait en silence les pages de Vincent.

Cette année-là, 1876, j'eus la fièvre. Elle fut violente, me cloua au lit, m'empêcha pendant deux mois de travailler à la galerie de La Haye, où, à mon tour j'avais fait mes débuts, elle me laissa fragile pour toujours. Cette année-là, mon père vint à mon chevet, puis ma mère, pendant des jours et des jours. Ils plaignaient le lointain Vincent, tandis qu'ils me soignaient. Le bûcher des vanités familiales nous séparait, nous installait de part et d'autre de la bienséance. Aveugle sentence

43

qui avait perdu le fil de notre histoire, qui croyait révolue l'enfance dans la bruyère, effacés mes pas dans ceux de Vincent, et sans importance les mots de notre correspondance.

Cette année-là pourtant, je le comprends aujourd'hui, la tête de Vincent s'enflammait, mon corps brûlait, sans que quiconque ne remarque qu'un même incendie s'était déclaré. Nous luttions sur le front brouillé de nos vingt ans. Nos armes étaient différentes. Bizarrement, le doute et la rébellion semblaient de mon côté. Mon esprit et mon corps suffoquaient. Je ne voulais plus aller m'asseoir à l'église, je me calmais au fond des maisons closes de La Haye. C'est là, peut-être, que j'attrapai la fièvre. Vincent, depuis l'Angleterre, recouvrait tout — la vie, les questions, et mes confidences à lui seul faites — d'une même foi incandescente.

Nos pieux parents surent pourtant distinguer le mal-être de la révolte, ils devinaient qu'à tant prier Vincent finirait par prendre Dieu en défaut et avec lui tout l'édifice religieux, dont notre père était le modeste salarié. Ils sentaient depuis longtemps que la menace viendrait de l'aîné.

*

Le silence s'est installé. J'ai accroché mon regard au mûrier en espalier dans le jardin. Moe

44

a posé ses yeux sur ses deux mains et ses deux mains sur ses genoux. Elle est comme recueillie. Elle a souvent prié pour Vincent, ou plutôt pour qu'il se résigne au joug de la vie. Jamais, par un geste, par un mot, elle ne lui a fourni l'occasion d'une confidence. Elle resta l'auxiliaire de notre père. A-t-elle des regrets ?

Je me rappelle ses mots si sûrs. Sa morale si parfaite qui traçait au début de nos vies des traits bien droits. Je me rappelle ce conte d'Andersen qu'on nous lisait le soir, comme Vincent le fit plus tard pour les garçons d'Angleterre...

Une mère était assise auprès de son jeune enfant ; le chagrin se peignait sur son visage, elle pensait que peut-être il allait mourir.

En effet, l'enfant était pâle, ses petits yeux se fermaient, sa respiration était faible, et quelquefois traînante comme un gémissement. La mère contemplait cette pauvre créature avec des regards pleins de tristesse.

En ce moment on frappa à la porte, et, un pauvre homme âgé s'y présenta, enveloppé dans une sorte de houppelande fourrée, car il était glacé par le froid. L'hiver était rigoureux, la campagne couverte de neige ; le vent soufflait à couper le visage aux voyageurs. Voyant ce vieillard qui tremblait de froid, la mère profita d'un moment où l'enfant reposait, pour verser de la bière dans un petit pot qu'elle offrit à son hôte, en l'invitant à se réchauffer à son foyer. Le vieillard était assis et berçait l'enfant ; la mère se plaça tout près de lui, sur un siège, observait son enfant qui respirait péniblement et agitait ses petites mains.

« Ne croyez-vous pas, comme moi, qu'il se rétablira, demanda-t-elle, et que le bon Dieu ne me le prendra pas ? »

Et le vieillard, qui n'était autre que la Mort, fit un signe de tête tellement équivoque qu'on pouvait le prendre également pour un oui et pour un non.

Alors la mère baissa les yeux, et des larmes baignèrent de nouveau son visage. Sa tête s'appesantit (car pendant trois jours et trois nuits, elle n'avait pas fermé les paupières) ; elle s'endormit un moment, puis bientôt elle se leva tremblante de froid.

« Qu'est-ce ? » s'écrie-t-elle. Et elle regarde de tous côtés. Mais le vieillard et le petit enfant n'étaient plus là ; ce dernier avait été emporté par l'autre. En même temps, le balancier de l'horloge cessait de faire entendre son mouvement ; et l'horloge s'arrêtait.

La pauvre mère s'enfuit de la maison, appelant à grands cris son enfant. Elle rencontra dehors une femme assise et en deuil. Cette femme lui dit : « C'est la Mort qui quitte ta maison, je l'en ai vue sortir avec ton petit enfant ; elle va plus vite que le vent, et ne rend jamais ce qu'elle a pris.

— Dites-moi seulement quelle route elle suit !

s'écria la mère; montrez-moi la route et je retrouverai mon enfant!

— Je la connais, répondit la femme en deuil;
mais avant que je te la dise, tu me répéteras toutes
les chansons que tu chantais à ton enfant. Je t'aime,
je t'ai déjà entendue; je suis la Nuit, et j'ai vu tes
larmes pendant que tu chantais.

— Je te les chanterai toutes, toutes sans excep-
tion, dit la mère; mais ne me retiens pas, pour que
je puisse atteindre mon enfant, pour que je puisse
le reprendre. »

La Nuit restait muette et silencieuse. La mère,
tout en se tordant les mains, chanta; mais son chant
était rempli de pleurs.

« Maintenant, dit la Nuit, va-t'en à droite, dans
cette sombre forêt de sapins; c'est là que j'ai vu la
Mort se diriger avec ton enfant. »

Au milieu de la forêt, deux chemins se croisaient,
et la mère ne savait plus de quel côté aller. Il y avait
là un buisson d'épines dégarni de feuilles et de
fleurs; ses branches étaient couvertes de frimas, car
le temps était glacial.

« N'as-tu pas vu la Mort passer avec mon enfant?
lui demanda la mère.

— Oui, répondit le buisson; mais je ne te dirai
pas quelle route elle a suivie avant que tu ne m'aies
réchauffé sur ton cœur; je grelotte, et j'ai peur de
geler. »

Et elle pressa le buisson contre sa poitrine, pour
le réchauffer, avec tant de force que les épines entrè-
rent profondément dans sa chair, et que son sang

47

coula à grosses gouttes. Aussitôt on vit le buisson pousser des feuilles fraîches et vertes, malgré la rigueur de l'hiver, tant il y avait de chaleur dans le cœur de cette mère désolée. Le buisson lui indiqua alors la route qu'elle avait à suivre.

Elle arriva sur les bords d'un lac, où il ne se trouvait pas une seule barque ; et d'un autre côté la glace de ce lac n'était pas assez solide pour pouvoir la porter. Le lac avait, en outre, trop de profondeur, pour qu'elle pût le passer à gué.

Obligée cependant de le traverser pour retrouver son enfant, elle se baissa comme pour en boire toutes les eaux : tâche impraticable ; mais elle ne semblait pas telle à une mère désolée, qui ne croyait pas que rien fût impossible.

« Non, cela ne se peut pas, dit le lac ; voyons plutôt à nous arranger. J'aime à recueillir des perles, et tes deux yeux sont les plus purs que j'aie jamais vus ; si tu veux qu'ils se fondent dans tes larmes, ce seront autant de perles que je recevrai et je transporterai dans une grande serre chaude où demeure la Mort, et où elle cultive des fleurs et des arbres, dont chacun représente une vie humaine.

— Oh ! que ne donnerais-je pas pour arriver à mon enfant ! » dit la mère éplorée.

Là-dessus elle recommença à pleurer si fort, que ses yeux tombèrent au fond du lac et devinrent deux magnifiques perles. Le lac alors la souleva comme si elle s'était posée sur une bascule, et elle gagna l'autre rive. Là se trouvait un immense édifice. Étaient-ce des montagnes, des forêts ou des abîmes ? C'est ce que la pauvre mère ne pouvait distinguer, elle dont les yeux s'étaient noyés dans ses pleurs.

«Où trouverai-je donc la Mort, qui est partie avec mon petit enfant?» demanda-t-elle à la vieille femme du fossoyeur chargée de veiller sur la grande serre chaude de la Mort.

«Elle n'est pas encore arrivée, ici, répondit la vieille femme. Mais comment as-tu pu trouver ce lieu, et qui t'y a aidée?

— Le bon Dieu est venu à mon secours, répliqua la mère; il est miséricordieux, et tu le seras aussi. Où puis-je retrouver mon enfant?

— Je n'en sais rien, dit la femme du fossoyeur, et tu ne peux pas le voir. Beaucoup de fleurs et beaucoup d'arbres ont séché pendant la nuit; la Mort ne tardera pas à venir pour les transplanter. Tu sais que chaque homme a sa fleur et son arbre aussitôt qu'il vient au monde; sous la forme de végétaux, ces fleurs et ces arbres sentent battre en eux le cœur des humains qu'ils représentent. Tiens-toi là, peut-être reconnaîtras-tu le battement du cœur de ton enfant. Mais que me donneras-tu si je te dis ce que tu as encore à faire?

— Je n'ai plus rien à donner, répondait la mère; mais j'irai pour toi jusqu'au bout du monde.

— Alors je n'ai rien à faire, dit la vieille femme. Cependant, tu peux me donner tes longs cheveux noirs; ils sont beaux, comme tu le sais, et ils me plaisent. Tu recevras en échange les miens qui sont entièrement blancs; cela vaut mieux que rien.

— Si tu n'exiges que cela, répondit la mère, je te les donne avec plaisir. »

Et elle donna à la vieille ses beaux cheveux, en recevant à leur place ceux de la vieille qui étaient blancs comme neige.

Puis elles allèrent ensemble à la grande serre chaude de la Mort, où les fleurs et les arbres croissaient pêle-mêle, mais admirablement. On y trouvait, à côté de jolies hyacinthes cachées sous des cloches, des troncs d'arbres vigoureux, des plantes aquatiques, des palmiers élancés, des chênes, des platanes, le persil et le thym en fleur.

Chaque fleur et chaque arbre avait son nom personnel, et ils représentaient des êtres humains, dont les uns habitaient la Chine, les autres le Groenland, d'autres enfin divers points du globe.

La pauvre mère se penchait vers les plus petites plantes, cherchant à y sentir les battements d'un cœur. Enfin, après de longues recherches, elle crut reconnaître le cœur de son enfant.

« Il est là ! » s'écria-t-elle en posant sa main sur un crocus blanc, qui était courbé sur sa tige.

« Ne touche pas à la fleur, dit la femme du fossoyeur ; mais place-toi de ce côté, et lorsque la Mort, que j'attends au premier moment, sera arrivée, défends-lui d'arracher la plante, sous peine d'en arracher d'autres toi-même. Cela lui fera peur ; car elle en est responsable devant le bon Dieu, et elle n'ose pas en arracher sans sa permission. » Tout à coup, un froid glacial se répandit dans la salle, et la mère aveugle sentit bien que c'était la Mort qui entrait.

« Comment as-tu pu trouver ta route jusqu'ici ? demanda la Mort ; et comment as-tu pu y être rendue plus vite que moi ?

— Je suis mère », répondit l'autre.

Et la Mort posa sa longue main sur la petite fleur en l'enveloppant de manière à ce qu'elle ne pût toucher à aucune feuille ; et elle resta ainsi assez longtemps pour sentir que la fleur était plus froide que le vent glacé.

« Tu n'as pas prévalu contre moi, dit-elle à la mère.

— Mais le bon Dieu a prévalu, répondit cette dernière.

— Je ne fais que ce qu'il veut, répondit la Mort. Je suis son jardinier ; je prends toutes ces fleurs et tous ces arbres, et je les transplante dans le grand jardin du paradis ; mais je ne pourrai te dire comment ils y croissent, ni ce qui se passe dans cette région inconnue.

— Rendez-moi mon enfant », dit la mère ; et elle supplia la Mort les larmes aux yeux. Tout à coup elle saisit de ses deux mains deux jolies fleurs qui se trouvaient près d'elle, et elle cria à la Mort : « J'arracherai toutes vos fleurs, si vous me poussez au désespoir.

— Éloigne-toi, dit la Mort. Tu te dis bien malheureuse, et cependant tu voudrais le malheur d'une autre mère !

— Une autre mère ? » s'écria l'infortunée ; et aussitôt elle lâcha les deux fleurs.

« Voici tes yeux, dit la Mort ; je les ai repêchés dans le lac, où ils brillaient comme des perles. Je ne savais pas qu'ils fussent à toi, reprends-les ; ils sont encore plus purs qu'auparavant. Regarde au fond de ces puits qui sont tout près de toi ; je te nommerai les deux fleurs que tu as voulu arracher, et tu y apercevras tout leur avenir, toute leur existence terrestre ; tu verras ce que tu voulais anéantir. »

Et en regardant au fond des puits, la mère y aperçut une auréole de bonheur répandue autour d'une des fleurs, laquelle devait procurer au monde une grande félicité. Une autre, au contraire, ne présentait que des scènes de deuil, de désolation et de misères.

« L'un et l'autre sont les effets de la volonté divine, dit la Mort.

— Quelle est la fleur du malheur et quelle est celle du bonheur ? demanda la mère.

— Je ne puis te le dire, répondit la Mort ; mais tu dois savoir que l'une de ces fleurs représente le sort et l'avenir de ton enfant.

— Alors, s'écria la mère épouvantée, dites-moi laquelle des fleurs est celle de mon enfant. Sauvez l'innocent ; délivrez-le ; préservez-le de toute misère ; gardez-le toujours, et mettez-le dans le royaume de Dieu. Oubliez mes prières, tout ce que j'ai dit, tout ce que j'ai fait.

— Je ne te comprends pas, dit la Mort. Veux-tu reprendre ton enfant, ou veux-tu que je le porte dans ce lieu où il se passe des choses que tu ignores ? »

Alors la mère éleva les mains et tomba à genoux.

« Ô Dieu, dit-elle, ne m'écoutez pas si je réclame contre votre volonté, qui est toujours la meilleure. »

Et elle laissa tomber sa tête sur sa poitrine.

Et la Mort partit avec son enfant pour le pays inconnu.

Enfants, nous aimions ce conte. Nous imaginions chaque vie secrètement attachée à une fleur. C'était même, à nos yeux, la raison pour laquelle les gens de chez nous cultivaient si religieusement leurs jardins, aussi petits soient-ils. Vincent et moi regardions parmi les résédas et les giroflées des parterres de Zundert, jouant à chercher la nôtre... La mienne devait être rose pâle, la sienne, forcément, d'une teinte plus sombre et suspecte.

Et puis avec les saisons, les contes ont perdu de leur pouvoir.

Anna Cornelia Van Gogh, ma mère, n'est pas femme à courir après le destin pour le sommer de faire demi-tour. Elle a désormais deux fils sur cette terre inconnue où partent les morts. Tous deux s'appellent Vincent Willem Van Gogh. Le premier est né mort, il laisse une petite croix dans le cimetière de Zundert, tout contre le mur de l'église. Le second naquit un an jour pour jour après la mort du premier. Il a préféré mourir à son tour, à trente-sept ans.

Je me rappelle cette lettre qu'elle m'envoya, alors que j'étais à Arles auprès de Vincent qui s'était tranché le lobe de l'oreille, après s'être violemment disputé avec Gauguin.

Ma consolation, c'est qu'il est l'enfant de notre Père qui est aux cieux, qui ne l'abandonnera jamais. Si cela ne tenait qu'à moi je lui dirai, prends-le avec toi.

Voilà ce qu'elle m'écrivait. Elle réclamait l'intervention de la Mort. Elle capitulait tandis que je demandais, moi, la vie pour mon frère. Je m'agrippais aux draps de l'hospice d'Arles, aux minutes de lucidité de Vincent, je tentais de déchiffrer ses ruminations dont s'échappaient des références philosophiques et théologiques. Je l'observais impuissant : Vincent essayait de pleurer, mais n'y arrivait pas.

Au fil des pages, elle me révélait l'incurable mal de Vincent et me racontait les sombres présages qu'elle avait toujours entrevus dans le puits sans fond de ses yeux clairs et fixes. Il n'avait que seize ans, lorsqu'un éminent psychiatre de La Haye, le professeur Ramaar, diagnostiqua un cervelet endommagé. Vincent n'était pas là. Il s'était enfui au moment de partir pour la consultation. Notre père Théodorus était donc venu seul. Dans le cabinet du médecin, il y avait une chaise vide, un père pieux et désarmé, et un psychiatre planté sous des diplômes qui prenaient la poussière. J'imagine le Vincent, tel que le dépeignit notre père, il prit la forme d'une flamme incontrôlable, dangereuse au pensionnat et à la maison. J'imagine le médecin, j'en ai tellement vu, il sortit un schéma en carton, la découpe d'un crâne, puis de son doigt plein d'arthrose, il indiqua une zone sombre. Le diagnostic jaillit : « *Ici c'est le cervelet, celui de votre fils est endommagé.* »

La certitude médicale dut faire grande impression sur mon père : il y avait le feu dans la tête de son fils. De retour, il répéta sûrement ces mots à notre mère, et la sentence médicale s'infiltra doucement chez nous. Vincent ne sut rien de l'état supposé de son cervelet, mais aux gestes et aux regards des parents, il devina que l'illustre médecin avait jeté des cendres autour de son nom.

*

Ma mère et moi ne nous aventurerons pas ensemble dans les recoins sombres de l'âme et de la vie de Vincent. Ce serait frôler les questions, secouer la dépouille de mon père, sa silhouette d'homme sage qui parcourait des kilomètres sous la pluie et le vent pour aller au chevet des gens malades, sa voix douce qui se préparait longuement à l'office dominical pour lequel il n'eut jamais grand talent d'orateur, son autorité d'homme qui n'eut jamais l'esprit large, mais toujours les bras ouverts, et répudia son fils aîné, non pas du foyer, mais du champ de ses espoirs.

Théodorus, qu'on appelait Dorus, est mort cinq années avant Vincent. Il rentrait d'une longue promenade et s'effondra sur le seuil du presbytère, terrassé par une crise cardiaque. J'accourus depuis Paris. Nous l'enterrâmes tristement, entourés des gens du village et des environs. Vincent était déjà sur place. Il n'avait plus nulle part où aller. Il était revenu des Évangiles, alors il s'était replié depuis quelques mois sous le toit familial, tel un reproche ambulant, et s'en allait dessiner et peindre les misérables dans un atelier loué au sacristain catholique.

Il m'y entraîna, une fois la cérémonie terminée. Il me montra des toiles, des esquisses et des études de paysans mangeant des pommes de terre à mains nues à la lueur de la bougie. Je voyais naître la peinture de mon frère, alors que je venais d'enterrer mon père. Vincent l'avait beaucoup admiré, puis il l'avait affronté. Il avait tenté la ressemblance et choisi la résistance. C'était de toute façon un lien. Je suis reparti orphelin, mais avec quelques toiles de Vincent dans mes bagages, et pour la première fois, j'avais l'intention de les montrer.

*

Ma mère se lève. Prétextant le dîner familial, elle se retire, m'explique qu'elle doit veiller aux préparatifs en cuisine. Elle pose sa main sur mon épaule puis s'en va. Nous sommes allés aussi loin que possible ensemble.

Je rassemble les lettres, et m'en vais les ranger dans le bureau.

La pièce n'est plus habitée. La bibliothèque plus visitée. Elle n'est qu'un alignement impeccable de reliures de cuir, train de lectures sages derrière dame Bible, telle une rangée de complets austères dans l'armoire d'un pasteur. Vincent-mort me ramène au climat de mon père, il me fait respirer la poussière des croyances et des codes familiaux qui firent de moi le préféré, le prudent, l'aimable, le docile en somme. Je frôle les livres du bout des doigts, mais je n'en saisis aucun.

Si tu persistes à marcher sur les traces de Pa, tu verras à quel point tu t'embêteras peu à peu et deviendra embêtant pour les autres...

Je n'ai jamais voulu choisir, je ne suis armé que de doutes, j'ai relégué doucement les sermons de mon père aux bruits de l'enfance, et tempéré comme j'ai pu la révolte de mon frère. Mais Vincent est mort avec un trou rouge sous le cœur, il a livré bataille, et je me sens déserteur. J'ai le vertige devant ces pages vertueuses, qui naguère me semblaient renfermer tant de choses importantes. Je ne sens plus rien de vénérable sous le cuir des reliures paternelles, rien que des livres absents comme Vincent, rien qu'une façade de mots pieux, et puis des manques, le manque, le vide, meurtrière au mur des certitudes, où s'engouffrent les flèches de Vincent.

Nous vivons à une époque de rénovation et de transformation, c'est dire si bien des choses sont en train de changer. Je vois, je sens, je crois, autrement que Pa, autrement que toi.

L'obéissance est une sensation oppressante. J'ai la main moite. Je reconnais à l'usure de leurs tranches les livres les plus sollicités, les gestes précautionneux de mon père, mais je glisse, je m'obstine, je cherche l'impossible ouvrage, celui qui ne peut être rangé ici, et que Vincent m'aurait tendu.

Il m'a suggéré tant de livres, il était possédé par la littérature.

Peu de temps après le décès de notre père, il avait peint une nature morte : une bible ouverte, et un roman de Zola, *La Joie de vivre*, corné, lu et relu par lui. J'ai d'abord hésité, ces deux livres côte à côte opposaient-ils mon frère à mon père, ou au contraire cherchaient-ils une réconciliation post-hume ? Je ne sais toujours pas, mais j'aime cette toile à cause de l'hésitation qu'elle me procure, elle va et vient entre le conflit et la paix.

J'ai perdu la joie de vivre. Je ne la retrouverai jamais. Je cherche des livres qui ne sont pas là, j'ai peur de ceux qui sont là, et je me dissous sous les mots que Vincent m'adressait, tandis qu'il s'enrô-lait pour toujours parmi les incompris.

Je tiens pour certain que [...] *nous aurions pu nous trouver avec une certaine tristesse face à face, comme des ennemis, par exemple sur une de ces barricades, toi devant, soldat du gouvernement, moi derrière, révolutionnaire ou rebelle... Je veux te faire com-prendre dans quelle mesure l'écart qui s'est fait entre nous est en rapport avec les courants généraux qui se produisent dans le monde... Tâche toutefois de savoir pour toi-même de quel côté tu te trouves réellement, comme j'essaie de le savoir pour moi-même.*

La même année que notre père, Victor Hugo est mort, à la saison des roses. Je me souviens,

Paris était désert, toute la ville semblait s'être donné rendez-vous à ses obsèques. Je n'y étais pas. Vincent et moi l'avions pourtant beaucoup lu, j'aimais particulièrement *Quatrevingt-Treize*, immense fresque des lendemains de la Révolution, la terreur après le rêve. Je ne sais pourquoi je pense à ça, les morts s'empilent comme les livres. Il faut ma tête malade pour inviter Hugo chez mon père.

La fin me revient... Gauvain, l'idéaliste et Cimourdain, l'implacable représentant du Comité de salut public se font face. Ils sont du même bord, pas du même tempérament, ils s'aiment comme père et fils, mais ne font plus la même révolution. Le père doit condamner le fils, et, la mort dans l'âme, le supplie une dernière fois de se laisser convaincre :

> *Gauvain, reviens sur la terre. Nous voulons réaliser le possible.*
> *— Commencez par ne pas le rendre impossible.*
> *— Le possible se réalise toujours.*
> *— Pas toujours. Si l'on rudoie l'utopie, on la tue...*

Vincent est une utopie morte.

*

« À quoi penses-tu ? Théo, à quoi penses-tu ? »

C'est la voix de Wil. Elle est entrée doucement, je ne l'ai pas entendue arriver, elle semble inquiète de me trouver là, blême et silencieux, face à la bibliothèque.

« Aux livres, je pense aux livres... ils m'ont toujours rapproché de Vincent.

— Il les aimait tant. Il m'en parlait beaucoup à moi aussi dans ses lettres, il m'en conseillait. Il était habité par les livres. Tu te souviens ce qu'il disait à propos de Shakespeare...

— Je me souviens lui avoir offert les œuvres complètes, et qu'il aimait la série des rois.

— Il a relu *Le Roi Lear*, lorsqu'il était enfermé à Saint-Rémy, il m'a écrit combien cette lecture était éprouvante pour lui, il me disait, *"chaque fois que je reprends ce livre, je suis obligé d'aller regarder un brin d'herbe une branche de pin, un épi de blé pour me calmer."* »

Ma réponse vint telle une évidence, comme un vers su par cœur :

« Il était comme le roi, il se disait : *"Oh que je ne devienne pas fou, pas fou, pas fou..."* »

Mais il n'était pas fou !

*

Le lendemain, par le train en provenance d'Amsterdam où elle était en vacances chez ses parents, Jo arrive enfin, le petit endormi dans ses bras. Je me précipite au-devant d'elle, un regard suffit à se dire les nuits à dévorer le noir. Enfin je laisse aller mon front contre le sien.

Nous montons déposer notre fils dans son berceau à l'étage, petite boule endormie, les cheveux collés par la chaleur. J'aime avoir des yeux pour le contempler. Puis nous nous asseyons sur le rebord du lit. Je promène ma main parmi les mèches indisciplinées qui encadrent le visage de Jo, j'effleure ses joues rebondies qui lui donnent l'air juvénile. J'aime avoir sa peau au bout de mes doigts. Je vérifie mes sensations.

Jo me confie avoir beaucoup pleuré et regretté son impatience des derniers mois à l'égard de Vincent. Elle ajoute qu'au fil des larmes son lait s'est tari, ses seins sont secs. J'ai dû pâlir, elle précise aussitôt pour me rassurer que ce n'est rien pour un enfant de sept mois, et qu'en plus ça la repose.

Mais je traque le désordre et le dérèglement, je m'affole du mamelon sec de Jo, comme hier je surveillais l'échine de Moe, car secrètement je guette le fléchissement de mon propre corps. Mes crampes reviennent la nuit. Je redoute ces attaques nerveuses et violentes qui paralysèrent mes muscles il y a quelques années, j'allais avoir trente ans et je crus mourir.

Johanna connaît l'état de ma carcasse. Elle sait tout. Vincent l'appelait « *petite sœur* ». Elle fut précipitée dans notre histoire, sans que je lui en laisse le choix. Dès ma première lettre, notre flamme à peine déclarée, j'ai pris un ton un peu solennel.

Maintenant je dois te dire quelque chose qui m'affecte et me touche profondément. Comme tu le sais, j'ai un frère de quatre ans mon aîné, il vit avec moi et il est peintre...

Je lui ai raconté ce grand frère que j'adorais plus qu'on ne peut l'imaginer, qui m'avait d'abord pris sous son aile et communiqué l'amour de l'art. Puis je lui ai décrit sa transformation, sa foi véhémente, comme une violente tempête qui se serait abattue sur lui. Je lui ai expliqué combien tous ceux qui l'aimaient, nos parents les premiers, le condamnèrent, et combien j'ai essayé de l'aider chaque fois que j'ai pu, sentant instinctivement que son refus de la société était peut-être le meilleur en lui. Je terminais en disant à Jo :

Peut-être vas-tu penser que ce que je te raconte n'a rien à voir avec nous, alors que je t'ouvre mon cœur. Mais j'ai passé tant de temps avec lui, j'ai tellement tenté de l'accommoder à la vie, que j'aurais eu le sen-

timent de te cacher quelque chose d'important, si je
ne t'avais pas raconté ma relation avec lui depuis le
début.

J'essayais de la prévenir.

Elle était la sœur de mon meilleur ami, Dries.
C'est comme ça que je l'ai rencontrée. Une jeune
femme sans coquetterie, cinquième d'une fratrie
de sept, élevée sans ostentation dans le cadre d'une
bourgeoisie qui faisait affaire dans l'assurance. Elle
aimait les livres et la poésie, elle avait eu le temps
d'étudier, de voyager, d'enseigner, d'hésiter. Elle
aspirait au mariage naturellement, mais pas à ces
vies douillettes où flétrissent les épouses. Je pro-
mettais des échappées belles et artistiques. Elle
m'avait dit non, puis oui.

*

Les jours passent à Leyde, rythmés par les repas,
les prières, et les visites de condoléances. Parfois,
j'ai besoin d'être seul, je m'échappe et je me promène sur le quai de la ville, je m'attarde auprès
des barges où se lave une laine verte et rouge,
j'aime ces filaments de couleurs gorgés d'eau.

En famille, le nom de Vincent circule au gré
des souvenirs, mais toujours teinté d'incompréhension et chargé de fatalisme. Il évoque un être

déjà lointain bien avant d'être mort. Je réalise qu'il n'était ici qu'un prolongement de moi, tant on me plaint, tant on m'entoure d'attention, tant on panse mes plaies, tant on guette le moindre de mes soupirs. Je les écoute, je leur souris, souvent je fais semblant, et je regarde simplement bouger leurs bouches terrorisées par le silence. Wil me semble plus accessible, moins étrangère aux tourments, elle lève parfois les yeux vers moi et cela me suffit pour la savoir différente. Elle m'avait demandé un jour dans l'une de ses lettres ce qu'il fallait penser de Vincent. Je m'étais dépêché de lui répondre, car j'en avais fini, moi, avec cette question. Je savais.

Tu me demandes ce que je pense de Vincent, il est de ceux qui ont connu le monde de près et s'en sont retirés. Il nous faut attendre qu'il prouve son génie auquel je crois.

Se rappelait-elle ces mots ?

Un après-midi alors qu'une fine pluie s'est mise à tomber, rassemblant tout le monde au salon autour d'un thé, ma sœur Lies, moins raide qu'Anna mais pas aussi vagabonde que Wil, laisse échapper un souvenir. Elle raconte ce jour où Pa mourut, une amie de la famille très peinée voulait revoir son visage de pasteur avant sa mise en bière, Vincent lui dit alors sans autre forme de protocole : « *Et oui, madame Poots, mourir est dur, mais vivre est encore plus dur.* »

Lies cherche à imiter la voix traînante et volontairement provocante de Vincent. Nul n'a renchéri. Moi, je tremble.

Se souviennent-ils de la suite, de ce repas après les obsèques de notre père, théâtre d'une véritable mise en accusation de Vincent ? Anna, ma sœur aînée, jamais remise de s'être mariée sans dot, et très soucieuse de notre réputation, estima que Vincent avait coûté si cher en études dont il ne fit rien, qu'il ne devait rien percevoir du maigre héritage. J'avais tenté de plaider sa cause, raconté les dessins et les progrès vus dans son atelier chez le sacristain catholique, mais je le fis presque à voix basse, pas encore sûr d'y croire moi-même. Vincent, taché de peinture, renonça de lui-même à sa part.

Quelques mois plus tard, il peignait la version définitive des mangeurs de pommes de terre. Je m'en réjouissais depuis Paris. J'étais bien le seul. La famille essuyait alors la colère du curé de la paroisse qui accusait Vincent d'avoir engrossé une jeune paysanne venue faire le modèle, et interdisait à quiconque de poser pour lui...

Hier soir, j'ai proposé à mes sœurs, ainsi qu'à mon beau-frère, de signer une lettre qui fait de moi l'unique héritier de Vincent. J'ai dit que je veillerai à protéger ses œuvres, et combien je veux les faire connaître. Ils m'ont donné leur accord, plein de détachement.

Ils ont appris à aimer certaines toiles, quelques-unes sont accrochées aux murs de la maison de Leyde. Elles sont signées Vincent et non Van Gogh, preuve supplémentaire qu'il avait détourné son destin du leur.

« *Libre à toi* », a dit Anna en soulevant les épaules. Wil m'a encouragé du regard. Il y a en elle l'empreinte de son dernier passage à Paris, je me rappelle son enthousiasme, alors que nous quittions l'atelier de Degas. J'avais tenu à lui présenter cet immense peintre qui se rit des honneurs.

Moe a souri. Elle a dans sa chambre une peinture que lui envoya Vincent depuis Arles, des femmes ramassant des olives sous un ciel rose, elle l'aime, je crois. Cette image du sud de la France avait adouci pour elle l'idée d'un fils reclus derrière les barreaux d'un asile, elle lui rappela bien d'autres présents. Vincent n'oubliait jamais son anniversaire.

Ce matin nous sommes repartis pour Paris. J'ai dans le dos la trace des deux yeux inquiets de ma mère.

Je suis le frère d'un seul, né avant moi, comme moi, dans les bruyères hollandaises.

Paris, fin août

Les oiseaux ont disparu sur les branches d'amandier peintes par Vincent. Je ne siffle plus leur chant, le soir, pour endormir mon fils. Naguère, je convoquais, pour lui, fauvettes, rossignols et étourneaux sur la toile bleue accrochée au-dessus du piano. Je dépose désormais sur son front le baiser d'un père mécanique. Puis je passe dans la pièce d'à côté. Je m'installe devant mon bureau, j'effleure, en m'asseyant, le tiroir central. Il contient les lettres de Vincent, je ne l'ouvre plus.

Mais le corps a ses habitudes. Et j'ai celle d'écrire à mon frère. En apparence, rien n'a changé, je suis tel que j'étais, coude gauche sur le rebord de la table, front qui cherche l'appui de la main, mâchoires serrées, battement aux tempes, mes yeux qui se ferment et s'en vont chercher les mots, ma plume qui plonge dans l'encrier noir...

Ces gestes sont des trompe-la-mort, et moi un simple figurant au théâtre des ombres. Mais plutôt écrire que de laisser monter la voix de Vincent, elle tonne depuis qu'elle est un souvenir. Je réponds aux dernières des condoléances.

Jo s'attarde dans la chambre de notre enfant bien après qu'il s'est endormi. Elle promène sa main sur la couverture comme pour en assagir des plis, des vagues invisibles. Elle dit « *le petit* », nous avons toujours eu du mal à l'appeler Vincent. Ma mère a écrit ces jours derniers : « *C'est si bien que vous ayez appelé votre petit, Vincent Willem.* » Je n'en suis plus si sûr à présent. Il n'y a que les vieilles personnes pour caresser l'idée du recommencement, et croire que deux extrémités du temps peuvent se rejoindre.

Je voulais juste que mon fils soit aussi persévérant et courageux que mon frère. Je n'ai pas ces qualités-là.

Jo me surveille, je sens son regard inquiet posé sur moi par la porte entrebâillée, je sais qu'elle écrit à ses parents des bulletins de santé à mon sujet, faits d'alarmes et de répits, je sais que le griffonnage incessant de ma plume la glace, je sais que mes épaules et ma nuque voûtées la font se sentir seule, je sais que ma toux l'alerte. Cette vieille empoisonneuse est revenue racler ma gorge nouée, je la sens chaque jour un peu plus grasse et bientôt prête à me soulever la poitrine. J'avais une fois dit à Jo que je ne toussais plus depuis que je l'avais rencontrée, et nous avions voulu croire ensemble à cette illusion qu'offre l'amour d'un avant et d'un après, mais la maladie, comme tous les secrets enfouis, refait surface. Je la sens qui butine mon corps, se gorge de mon chagrin. Souvent je calcule ses progrès. Et je lis la même question dans les yeux de Jo : le degré ultime de la douleur est-il atteint, ou bien la température de mon corps amputé va-t-elle encore grimper ?

*

Ce matin, vers dix heures, Durand-Ruel est passé. J'avais insisté pour que l'appartement soit nettoyé de fond en comble, et notre enfant mis en garde. Je voulais que rien n'interfère avec cette visite que j'avais sollicitée par courrier. Il est entré tel un dignitaire de l'art, vêtu de belle étoffe. Sa raideur et son arrogance corrigent sa petite taille. Ce grand galeriste parisien occupe une position de force sur le marché, il est agressif en affaires, fervent catholique jamais remis de la Révolution, mais acquis à la cause rénovatrice des impressionnistes. Il a stocké leurs toiles encore sans valeur, leur a versé des mensualités, a même frôlé la faillite et la disgrâce, mais son voyage en Amérique l'a vu revenir triomphant. Il est une synthèse réussie des affaires et de l'art.

Il a marché d'un pas lent dans notre appartement tout entier offert à Vincent, il a scruté certaines toiles plus longuement que d'autres mais sans jamais rien laisser transparaître, son visage n'est que le masque froid des marchands de père en fils. Je suis resté un pas derrière lui, guettant le moindre froncement de sourcil, le moindre pli à la commissure des lèvres, je n'ai tenté aucun plaidoyer, aucune éloquence pour ne rien laisser voir de ma fébrilité, j'ai donné quelques indications sur les périodes et les lieux, livré quelques théories de la couleur chères à Vincent, souligné sa marche vers la lumière. J'étais un frère déguisé en marchand, et j'ai défendu la plus audacieuse et la plus affranchie des peintures qu'il m'ait jamais été donné de montrer. Et tandis que je parlais, je fixais les mains gantées de mon visiteur, j'espérais, sinon un geste, un frémissement, un réflexe, parce que en passant entre ces doigts-là, bien des toiles mésestimées obtinrent la reconnaissance.

Mais jamais Durand-Ruel ne retira ses gants.

Il ne m'aime pas, je l'ai bien senti, je suis un salarié de la concurrence, un braconnier sur ses terres, puisque Monet et Pissarro me laissent à moi aussi certaines de leurs toiles. Il aurait pu négliger ma lettre, mais elle attestait que toute audace artistique passe par chez lui.

Finalement, mon visiteur s'arrêta net et dit «Tout ceci est très intéressant». La formule était plus polie qu'enthousiaste, mais je proposai aussitôt d'organiser une exposition dans sa galerie, rue Laffitte. Bizarrement, je n'avais plus peur, plus peur de mes mots et de mes choix, plus peur du tout, ni de moi ni des autres. Je veux être jugé à ma capacité à faire reconnaître la peinture de Vincent.

Durand-Ruel toussota, visiblement un peu surpris de ma réaction et ajouta presque à mots couverts : «Je comprends votre désir de frère, mais il faut y réfléchir. Tout ceci pourrait créer la polémique. Et je ne voudrais pas prendre la responsabilité d'une exposition qui ne serait pas comprise.»

J'ai voulu le retenir, je lui ai alors proposé de l'emmener chez Tanguy pour y découvrir d'autres toiles peintes à Auvers, mais Durand-Ruel a dit n'avoir que peu de temps, il m'a tendu sa main jamais déshabillée, comme si elle savait d'avance qu'elle ne faisait que passer, et il est parti en promettant de revenir la semaine prochaine.

La journée, ensuite, ne fut qu'un lent reflux des gestes et du peu de mots échangés. Je les tournais et les retournais sans pouvoir leur donner un sens. Je n'ai pas rangé tout de suite les toiles. Je suis repassé devant chacune d'elles, devant chaque dessin, et je les revoyais tels qu'ils me parvenaient dans des caisses préparées et mises au train par Vincent.

À peine les avais-je reçus que je m'agenouillais, je défaisais rapidement les attaches, ignorant les échardes qui m'entaillaient les mains, je soulevais le couvercle, et alors, seulement, je ralentissais le mouvement, je sortais une par une les peintures, un buisson de lilas, l'intérieur de la chambre à coucher à Arles, les tons jaunes et orange des tournesols, le dessin à l'encre d'un papillon de nuit qu'on appelle « tête-de-mort », le blé, les coquelicots, la cour de l'hospice, un vignoble mauve, rouge feu, jaune, vert et violet comme la vigne sauvage en Hollande.

Tous les tableaux et croquis avaient été annoncés et décrits dans les lettres, mais là, sous mes yeux, ils offraient quelque chose de très réel et de saisissant, qui vissait chaque fois un peu plus la conviction en moi qu'à refuser d'obtempérer Vincent devenait un artiste. Les couleurs aspiraient sa mélancolie, le trait emportait sa main vive, les champs, les fleurs, les arbres me disaient les sensations de son œil. Je souriais, tout en démêlant le travail abouti de l'ébauche. Et si Vincent écrivait parfois en guise d'accompagnement « *Il ne faudra pas te gêner d'en détruire pas mal*», tout le soin, le papier et le linge mis par lui à protéger ses toiles des chocs du voyage trahissaient son attachement.

Finalement, je me suis extirpé des souvenirs, j'ai mis un peu d'ordre dans l'appartement, j'ai fait une pile des dessins, roulé les toiles, puis je suis parti à pied à la galerie, par Notre-Dame-de-Lorette, le carrefour de Châteaudun et le faubourg Montmartre, bruyant de bars et de tripots. Il me semblait voir Paris avec ces grands yeux navrés qu'ont les chevaux de fiacre.

Le frôlement des passants me rappela ces mois où Vincent vivait avec moi rue Lepic. Pour arriver au 54, où nous habitions, il fallait monter la Butte, parmi les boutiques, les gosses, les commères, les voitures des quatre-saisons, les bistrots, les charcutiers, les hôtels borgnes et les herboristeries. Vincent, dans sa cotte bleue de zingueur, avec une craie rouge et une craie bleue dans chaque poche, revenait le soir dans ce maquis sans lumière, sa toile toute fraîche dans le dos, laissant des taches sur ceux qui passaient trop près.

J'ai marché ainsi jusqu'au 19 boulevard Montmartre, succursale Boussod et Valadon dont j'ai la charge. La vitrine est conforme aux goûts du marché. En poussant la porte, il m'a semblé que je me trompais d'adresse, que c'est un autre qui exerçait là.

Je suis dans ma trente-quatrième année. Je travaille depuis mes quinze ans. J'achète, je vends, sans grand talent pour le boniment. Je prends du galon. La peinture me vient d'un temps lointain, d'un frère qui l'aimait avec des tremblements d'obstiné. Je l'aime à ma façon, sage. Mais mon frère est mort. Et mon corps me délaisse. Il n'y a plus que mes nerfs qui me tiennent.

*

Il est près de vingt-trois heures. Jo est dans la cuisine maintenant. Elle croit que je l'ignore, mais aux bruits, je devine ses gestes, ceux de chaque soir : elle range un peu de vaisselle, plie les langes qui ont séché près du fourneau. Demain elle se lèvera tôt, descendra chercher le lait frais de l'ânesse pour notre fils. Elle tient par la force des habitudes.

Une idée m'est venue en relisant la dernière lettre de Gachet, il suggère plus qu'un catalogue des œuvres de Vincent, une biographie complète ! «*À un homme extraordinaire, il ne faut pas une chose ordinaire*», écrit-il. Il a raison. Ces mots me soulagent, et me font voir le vide comme un espace à remplir. Aurier ferait très bien ce travail.

Il fut le premier, il doit continuer. Je vais le lui écrire !

De l'encre...

Vous avez été le premier à l'apprécier. Vous avez lu dans ses œuvres et vous y avez très exactement vu l'homme. Plusieurs littérateurs ont manifesté le désir d'écrire quelque chose sur lui. Mais je leur ai demandé d'attendre. C'était pour vous laisser le temps de parler le premier, et pour que, si vous vouliez, vous puissiez faire une biographie... Je pourrai vous fournir tous les éléments, d'autant plus véridiques, que j'ai une correspondance très suivie avec lui depuis 1873 et maints documents intéressants...

Jo s'est approchée doucement sans que je m'en aperçoive. Elle promène sa main dans mes cheveux, frôle mes tempes dures comme la pierre et lit par-dessus mon épaule, tandis que je griffe la feuille de ma plume. Ma main devrait s'interrompre, prendre la sienne quelques secondes. Mais c'est à peine si je lève les yeux, je lui explique pour Aurier et la biographie, elle murmure ses encouragements. «Je suis sûre qu'il sera enthousiaste à cette idée», puis elle s'en va, rejoint notre chambre. Là encore, je sais ses gestes, elle enfile une chemise de nuit, défait les épingles de ses cheveux, y tresse une natte, se glisse sous les draps.

Lorsque je la rejoins, elle dort, avec un léger

froncement à la naissance des sourcils. Enfin, je la regarde. Le jour, je crains ses questions, je masque, pour elle, les troubles nerveux qui semblent me reprendre, je fuis ses yeux et ses mains qui disent « *Je suis là* ». Je ne sais y répondre. D'elle, j'ai fait le tournant de ma vie. Avant elle, j'étais un frère dévoué, un fils docile, un ami des peintres auxquels j'offrais mon soutien et parfois même mon toit, un salarié appliqué aux yeux de mes patrons. Avec elle, je me suis senti devenir un homme, perclus de doutes peut-être, mais un homme. Je l'avais écrit à Vincent.

Toi, tu as trouvé ton chemin, vieux frère, ta voiture est déjà calée, solide ; et moi j'entrevois mon chemin grâce à ma femme chérie.

Mais ce soir, ma tête tout près de celle de Jo sur le coton blanc de l'oreiller n'est déjà plus qu'une empreinte. Il suffit que je me retourne et je vagabonde vers le lin un peu rêche de notre enfance, le méli-mélo de nos cheveux roux brillants sous la bougie du presbytère de Zundert, puis vers la chambre numéro 5 dans les draps humides de fièvre, où j'ai regardé venir la mort, et consenti au souvenir sans trêve. Depuis cette nuit d'Auvers que j'ai passée couché près de Vincent, je ne sais que regarder en arrière ou alors vers le sol où mon frère se dissout. Si je lève la tête, le vertige me prend.

Qu'est-ce donc qui me lie à mon frère, au point que je ne puisse aller sans lui? Nous n'étions pas des jumeaux, nous étions même incapables de vivre entre les mêmes murs! Qu'est-ce donc que ces brûlures aux yeux dès le matin? Les prunelles fixes et incandescentes, c'était lui! Qu'est-ce donc que ces absences à la vie qui va? La déraison, la dépendance, la grandeur des rêves, l'impossible frottement à l'existence, c'était lui!

Tant de fois j'ai pensé à lui sans moi, et jamais je ne me suis soucié de l'inverse. Mais sans lui à portée de mots, je perds l'équilibre. Une moitié de moi est vide.

Je ne savais pas cela.

J'ai tremblé, naguère, en écrivant à Vincent mon projet d'épouser Jo. Peu de temps après, en proie à une crise violente, il se coupa le lobe de l'oreille. Il a cru devenir fou. Et ainsi, à chaque nouvelle lueur de ma vie, il signala sa détresse. Quand la noce fut célébrée en Hollande, Vincent demanda à rejoindre l'hospice de Saint-Rémy. Il se sentait seul, sans plus personne pour faire le lien entre lui et le reste du monde.

Je connais par cœur la lettre que j'ai envoyée au directeur de l'établissement. Chaque mot m'en coûta. Et plus que les mots, ce maudit soulagement de voir d'autres bras que les miens soutenir Vincent.

Avec le consentement de la personne intéressée, qui est mon frère, je viens vous demander l'admission dans votre établissement de Vincent-Willem van Gogh, artiste-peintre âgé de 36 ans. Je vous prie de l'admettre avec vos pensionnaires de troisième classe. Comme son internement est plutôt demandé pour éviter le retour des crises passées et non parce que son état mental soit actuellement compromis, j'espère que vous ne trouverez aucun inconvénient en lui accordant la liberté de faire de la peinture en dehors de l'établissement quand il le désirera. En plus sans insister sur les soins dont il aura besoin, mais qui, je suppose, sont donnés avec la même sollicitude à tous vos pensionnaires, je vous prie de bien vouloir lui accorder d'avoir au moins un demi-litre de vin pour ses repas.

Veuillez agréer, monsieur le directeur, l'expression de mes sentiments très distingués.

Signé Théo Van Gogh, 8, cité Pigalle, Paris.

8, cité Pigalle, troisième étage gauche, où nous avons joué, Jo et moi, à la fois enfants et amants. La semaine de notre installation, nous nous cherchions quand une seule porte nous séparait.

Un nid de jeune mariés, ou l'envers du monde de Vincent fraîchement interné.

8, cité Pigalle. Vincent mort s'est installé chez nous. Il avait laissé là ses lettres et ses toiles. C'est tout ce qu'il possédait. J'entends couleurs et mots qui tambourinent, ne se résignent pas au point final, à notre échange interrompu, transport d'argent, d'affection et de peinture.

Merci de ta lettre et du billet de 50 francs [...] Ci-inclus petit croquis d'une toile de 30 carrée, enfin le ciel étoilé peint la nuit même sous un bec à gaz.

*

Je tousse. La respiration de Jo est lente, elle semble lointaine. Je voudrais dormir, mais chaque fois que je ferme les yeux, un cauchemar en désordre est prêt à me fondre dessus, je suis assailli d'images.

Des rideaux vert d'eau avec des roses pâles ravivées de minces traits rouge sang, du papier peint gris-vert. Un fauteuil imposant et usé, recouvert d'une tapisserie. Un bruit de cloche. C'est la cellule de Vincent à Saint-Rémy, la plus belle, la moins rustique de toutes parce que celui d'avant avait de la fortune. Sur le fauteuil, il y a quelqu'un, une femme. Est-elle un modèle de Vincent ? Un souvenir, un amour, une chimère de Vincent? Je voudrais m'approcher, deviner qui elle est.

« *Jamais, non, jamais* », crie-t-elle.

Je m'éveille. Je connais ces mots. Ce sont ceux de l'amour qui se refuse à Vincent. Kee les prononça. Elle était notre cousine, une jeune veuve avec un fils.

« *Kee je vous aime comme moi-même* », lui avait déclaré Vincent. Il avait vingt-huit ans. Elle le repoussa, effrayée, choquée déjà, par ses manières et son regard brûlant. « *Jamais, non jamais.* » Il ne renonça pas, la poursuivit jusqu'à Amsterdam, et bien qu'on le priât de ne plus approcher de la maison, il finit dans le vestibule, mit ses doigts dans la flamme de la lampe et demanda à voir Kee, juste le temps que sa main pouvait supporter la brûlure. Elle ne vint pas.

Il m'entretenait dans ses lettres du mystère féminin.

Tu te souviens peut-être que nous avons discuté cet été avec une sorte d'amertume, le problème des femmes. Que nous avons senti, ou cru sentir, que : La femme est la désolation du juste.

Et nous étions, moi en tout cas, toi aussi peut-être, un petit peu ce monsieur le juste en question.

Je ne suis plus à même d'affirmer si la sentence citée plus haut est exacte ou non, parce que je me suis

mis à me demander cet hiver si je savais, en somme,
qu'est ce que c'est qu'une femme et qu'est ce que c'est
qu'un juste.

Je referme les yeux, la femme est toujours là,
assise sur le fauteuil, vaguement nonchalante. Elle
a manifestement vu passer des vies et des hommes.
C'est une pas belle, une pauvresse, une peau lasse,
une nomade des terres sans amour. Ainsi les
aimait Vincent cœur blessé, devenu l'amant des
perdues, des faciles, des inconvenantes, des grues,
des proscrites dont il faisait ses sœurs de galère.

Est-ce Sien, la prostituée, qui me barre l'entrée
du sommeil ? Je ne l'ai vue qu'au fusain de Vincent, seins tombants, ventre fripé par les grossesses
jamais désirées, jambes musclées d'avoir erré et
tapiné, tête relâchée sur les mains et coudes sur les
genoux.

La femme avec laquelle j'ai vécue qui est-elle ?
Une putain ravagée par la petite vérole, fanée,
vieillie et mère de deux enfants.

Vincent lui ouvrit les bras, il allait avoir trente
ans. Il vivait pauvrement et dessinait à La Haye,
il disait que l'amour était un acte, il aimait Sien
par dégoût des hommes, il l'aimait parce qu'elle
était un tableau arraché à la vie des humbles, une
mater dolorosa balbutiante, un visage ravagé par

l'alcool, une mère sans pain et de nouveau enceinte, venue faire le modèle. Lorsqu'elle accoucha seule à l'hôpital de Leyde de son deuxième enfant, petit garçon au nez retroussé, Vincent accourut et lui dit : « *Quand vous irez mieux venez chez moi. Ce que je puis faire, je le ferai.* »

Et il loua une maison peu chère parce que inachevée, alla chercher un berceau chez le revendeur. Ils vécurent ainsi presque deux années, malgré l'opprobre. Et lorsque tout fut finit, il disait encore « *Je n'en ai jamais eu honte et je n'en aurai jamais honte* ».

Est-ce que je dors ? Est-ce que je rêve ?

Encore un bruit de cloche, des barreaux aux fenêtres, des rideaux avec des roses pâles ravivées de minces traits rouge sang, sur un fond vert. Encore cette silhouette sur le fauteuil, si pâle...

J'ai besoin de la chaleur du lit conjugal, j'ai une femme à aimer, mais d'autres m'appellent, m'agrippent et m'enlacent, échappées du passé. Celle-ci est si pâle... Est-ce la Margot Bergeman qui s'empoisonna pour fuir la tempête familiale qui l'empêchait de voir Vincent ?

« *Fourre ton doigt dans ton gosier, jusqu'à ce que tu vomisses cette saloperie* », lui dit-il.

Sur son lit de convalescente, elle déclara triomphalement : « *Enfin j'ai aimé !* »

Vincent, alors replié chez nos parents, vint à son chevet, et puis doucement s'effaça de cette vie cassée que la bienséance méprisait.

Qu'est-ce que c'est que ce rang social, qu'est-ce que cette religion dont les gens honorables tiennent boutique ? Oh, ce sont simplement des absurdités qui transforment la société en une espèce d'asile d'aliénés, en un monde à l'envers.

Ainsi parlait Vincent futur locataire d'un asile.

La maladie a pactisé avec la nuit. Le décor change. Bruit du bordel sur le petit boulevard, femmes pépiant, éreintées plus que sublimes, murs décorés d'estampes érotiques, froissement de robe bleu vermillon. Cri de Rachel, de son vrai nom Gaby, qui hurle dans la maison close de la rue des Récollets à Arles, en découvrant un bout d'oreille nettoyée de son sang dans l'enveloppe déposée par Vincent. Parfums poudrés et capiteux, corps tièdes et lèvres peintes. Aux putains de Vincent, s'ajoutent celles de ma jeunesse... Elles ont un rire strident, des yeux charbonneux et muets, filles fantômes qui me parlent d'un temps ancien, d'un adolescent errant dans les étages d'une maison close de La Haye, pas loin du quartier des peintres. Ma toux est grasse, coulée de lave venimeuse et vénérienne, chargée des souvenirs et des menaces du vieux docteur Gruby. « *Pas de femmes* », disait-il, sévère et les lèvres pincées quand nous le consultions à Paris, Vincent et moi.

*

Je me réveille, en sueur, Jo est penchée sur moi et je m'accroche à elle, je pleure longuement contre son épaule. Je lui raconte mon cauchemar, les femmes abîmées, combien la vie de Vincent me submerge. D'une voix calme et résignée, elle parle à mon oreille.

« Je repense souvent à ce que tu m'as dit un mois après notre mariage : "Advienne que pourra, pendant tout un mois j'ai senti ce que c'est que le bonheur parfait." Cette phrase est gravée en moi, elle me console... Combien peuvent dire qu'ils ont jamais connu le bonheur parfait ? Vincent, lui, n'a jamais été heureux en amour, nous si, et peut-être pourrons-nous l'être encore. »

Il fait nuit, l'aube n'est plus très loin, je me rendors, sans avoir fait de promesse à Jo. Lorsque je rouvre les yeux, deux heures peut-être se sont écoulées, je l'aperçois, assise devant sa coiffeuse, le bout de ses doigts suit avec angoisse les cernes qui s'agrandissent sous ses yeux. Je lui souris dans le miroir. Et en quelques minutes, je me retrouve assis sur le bord du lit, avec en main, un vieux carnet plein des poésies que recopiait pour moi Vincent d'une écriture serrée. Je tourne les pages, et je lis pour Jo.

Que regrettez-vous? la beauté du teint, des traits que vous eûtes par un hasard de naissance, comme un reflet de votre mère, la faveur accidentelle de l'âge où nous passons tous? Mais la rare et personnelle beauté que vous avez prise, c'est vous-même, votre âme visible, telle que vous la fîtes par une vie pure, une noble et constante harmonie. C'est la lueur de l'amour, comme dans l'albâtre transparent la lampe douce et fidèle qui veille avec nous dans la nuit.
Madame vous étiez jolie, vous n'étiez pas belle; vous l'êtes. Et pourquoi? Vous avez aimé.

Elle me sourit à son tour. Les mots sont beaux, elle les connaît. Elle nous a entendus, Vincent et moi, les réciter par cœur. *L'Amour* de Michelet est une relique de nos vingt ans. Mais son sourire est triste. Elle eût sans doute préféré un geste, une phrase de moi, que je n'aille pas emprunter à mon frère pour lui parler d'elle. Elle a raison. Mais trop confuse de cette pensée, elle ne dit rien.

*

Les jours s'écoulent ainsi, faits de gestes et d'horaires, de matins pleins de fatigue et de soirs sans crépuscule.

Camille Pissarro est venu proposer un échange de toiles, il en veut certaines de Vincent. Sa barbe blanche sur sa redingote noire laisse penser que dehors c'est déjà l'hiver. Je prends des nouvelles de son œil qui s'infecte et l'empêche désormais de peindre en plein air. Mais le vieil homme ne se donne pas la peine de répondre à mes politesses. Il me jauge d'un air quasi paternel, et dit :

« Je me souviens d'une lettre que vous avez écrite à mon fils, quand Vincent a été hospitalisé à Arles. Vous disiez que sa tête était occupée à des choses que la société rend insolubles, j'ai repensé à cette phrase depuis la mort de Vincent. Peut-être disiez-vous juste... »

J'en aurais pleuré de voir ce vieil homme s'interroger encore au sujet de mon frère. J'articule quelques mots :

« J'ai mis du temps à comprendre combien il était en avance et que jamais il ne verrait les fruits de son travail, car il fallait se détacher de toute convention pour comprendre sa manière de voir le monde.

— Vous êtes un bon marchand, j'en sais quelque chose, vous avez beaucoup fait pour me faire accepter des amateurs. Vous saurez faire connaître la peinture de Vincent.

— Mais quand? Boussod et Valadon ne veulent pas d'une exposition. Durand-Ruel est venu ici, je voulais l'emmener chez Tanguy, mais il m'a dit qu'il reviendrait, ça fait une bonne semaine que je suis sans nouvelles. Ce serait coupable de laisser ignorées ces toiles. Si je ne fais pas tout mon possible pour les exposer, je m'en voudrai toujours. »

*

Début septembre. Durand-Ruel n'a toujours pas fait signe. Mais Montmartre, pavé d'ateliers, bruisse de l'obsession d'un frère. Un petit article paraît au *Mercure de France*, qui annonce une exposition sans lieu :

Vincent Willem van Gogh est mort le 29 juillet dernier, à Auvers-sur-Oise, où il travaillait depuis quelques semaines après un séjour de deux années en Provence. Il était âgé de trente-sept ans.

On n'a pas oublié l'article de notre ami et collaborateur G.-Albert Aurier sur l'art de ce Hollandais à la couleur éclatante. Bientôt s'ouvrira une exposition des principales œuvres du peintre ; il aura peut-être l'heure de célébrité qui lui est due, posthume, hélas! avant d'être classé à son rang parmi les rares artistes hardis

*et personnels de cette fin de siècle. Nous devons ajou-
ter que cette exposition aura lieu de par l'initiative de
M. Th. van Gogh, l'habile expert de la maison Boussod et Valadon, le subtil connaisseur qui avait rendu
pleine justice au talent de son frère en lui procurant
les moyens de se vouer entièrement à son art. Que cette
indiscrétion nous soit pardonnée. La Famille, réduc-
tion et synthèse du public, méconnaît si souvent, à
moins d'apothéose — le prix de Rome ou l'estime de
M. Albert Wolff — les artistes qui l'honorent!*

*On peut voir les tableaux de Vincent van Gogh chez
M. Tanguy, 14, rue Clauzel.*

Paris, septembre

J'ai tambouriné fort à la porte. Jo a accouru.
J'ai vu passer l'effroi sur son visage, puis sa main
bloquer un cri. Ma chemise est déchirée, je tiens
à peine sur mes jambes, ma cheville me fait mal.
Dries, mon beau-frère, a le nez tuméfié, Anna sa
femme saigne à la joue, au front, elle est éraflée
aux jambes et aux épaules. Je boite jusqu'au fauteuil, je m'effondre. Jo va de l'un à l'autre, sup-
pliant qu'on lui explique, je lui raconte alors notre
accident du côté des Champs-Élysées : un cheval
au galop, sans cavalier, a foncé sur notre chariot
et l'a renversé. Nous avons été traînés sur plusieurs
mètres.

Elle s'en va chercher des serviettes humides
pour nettoyer les plaies d'Anna, je force ma voix
à la suivre. Je lance un : « Mais ton frère a sauvé
l'argenterie ! »

Et puis je ris.

Dries, le visage cramoisi, rit à son tour.

« J'ai vu aujourd'hui toute la grandeur du genre humain, nous étions là blessés sur le pavé et certains passants commençaient à se servir parmi nos affaires !

— Jo tu aurais vu ton frère, il s'est levé, il a couru pour rattraper un homme parti avec la ménagère sous le bras. »

Jo nettoie doucement les plaies d'Anna. Elle a du mal à sourire.

Qu'importe l'argenterie, les bibelots, parures d'une vie confortable qui n'est plus. Ce cheval qui nous renversa semble avoir poursuivi sa course jusqu'ici, où des déménageurs pressés et sans scrupules ont jeté meubles, tapis, matelas en vrac, laissant un terrible désordre, il est l'allié de ces monstres nocturnes qui dévastent mes nuits et me font me réveiller en hurlant, il est le messager d'une vaste offensive du malheur.

Il y avait dans le chariot quelques affaires de famille que Dries laisse à Jo. Nous ne faisons que descendre deux étages de la cité Pigalle. Du troisième, nous allons au premier, vers un appartement plus grand, où je n'ose déposer trop de projets. Un soir, j'ai informé Jo de notre prochain déménagement, il ne fut pas dit que c'est l'argent naguère réservé à Vincent qui permettait ce changement. Elle ferma les yeux et savoura cette première réplique à l'invasion du passé.

*

Notre livre de comptes retient les passages du médecin et les prix des médicaments.

Mon état s'aggrave, les gouttes apaisent ma toux la nuit, mais je me sens de plus en plus nerveux, le moindre effort m'épuise, je ne sais plus camoufler, ni même mentir, ou si peu, dans les lettres que j'envoie à Leyde.

« *C'est dans ma tête, ça doit être mes nerfs qui me font me sentir si malheureux parfois*», ai-je écrit à ma mère.

Chaque matin, je suis défait par la nuit écoulée. Je me compose vaguement un visage puis je m'en vais travailler. Mais au fil des heures, les gens m'apparaissent flous, mes yeux les relèguent au loin, la porte de la galerie n'est plus qu'une fente où s'infiltrent les bruits de la rue, le jour comme la nuit m'étrangle. J'ai souvent froid, les vêtements n'y peuvent rien, ça vient de l'intérieur. Je me plante alors devant un tableau que je fais mine d'observer en connaisseur, ou bien je me penche sur une pile de papiers dans mon bureau. Mais je cherche mon souffle, mes forces, mes mots. J'implore ce sentiment si neuf en moi, le goût de la revanche, de me donner l'énergie et le talent de défendre les toiles que j'aime et que ma hiérarchie ne tolère que dans l'arrière-boutique.

J'ai vendu un Pissarro, *Le Champ avec le laboureur*, 800 francs, j'en étais heureux. J'ai vu l'autre jour passer Degas, silhouette de Montmartre, et pendant quelques minutes, j'ai eu dans la bouche des phrases pleines de relief. Mais ma voix n'obéit plus, elle est enrouée, au bord de l'extinction.

Durand-Ruel a fini par dire non. Son fils, que j'avais croisé après la visite du père, m'avait laissé quelques espoirs, parlant d'une exposition à l'hiver prochain, mais finalement, c'est non, ils n'aiment pas la peinture de Vincent.

Au soir de ce refus, de retour à la maison, je n'ai pas pu articuler un mot, ni même manger. Les condoléances s'étaient taries, toute démarche semblait vaine, je n'avais rien à faire à mon bureau alors j'ai marché, de long en large, cherchant, brassant les solutions, sans plus savoir où poser les yeux : les toiles de Vincent m'imposaient d'agir, les portes des chambres fermées m'accusaient d'abandon, les fenêtres embuées ne laissaient voir que les contours de mon visage défait.

Au matin, j'étais hébété, je ne sais quelles hallucinations de la nuit me poursuivaient encore, j'ai enfilé ma veste et déclaré à Jo qui s'inquiétait que je m'en allais louer l'ancien Tambourin, cette brasserie à femmes du boulevard de Clichy, où naguère les serveuses vendaient discrètement leurs charmes. Là, Vincent était chez lui, il payait avec des compositions florales accrochées aux murs de la salle. Mais l'endroit avait fermé après plusieurs descentes de police, et ses toiles furent vendues par dix, au prix de cinquante centimes ou d'un franc le paquet.

« *Je vais au Tambourin* », voilà pourtant ce que je répétais sans cesse.

Alors Jo appuya sur mes épaules et, doucement, me força à m'asseoir, elle me parla longuement, m'enveloppait du flot de toutes les paroles sages qu'elle contenait depuis des semaines. Elle rappela qu'il y avait encore des possibilités, que Paul Signac avait proposé une salle à part dans le pavillon de Paris au prochain Salon des indépendants au mois de mars.

« Rappelle-toi, me disait-elle, au dernier salon, il y avait dix peintures de Vincent et un siège juste en face d'elles. Le jour de l'ouverture je m'y suis assise seule, tandis que tu parlais à toute sorte de gens, et je suis demeurée là durant quinze bonnes minutes, appréciant la délicieuse fraîcheur de son *Sous-bois*. C'est comme si je connaissais cet endroit et m'y étais rendue à plusieurs reprises.

Rappelle-toi, je ne fus pas la seule, Gauguin, si méfiant vis-à-vis de Vincent depuis leur dramatique dispute à Arles, voulut lui échanger un paysage de montagne qu'il trouvait beau et grandiose, rappelle-toi tous ces commentaires élogieux, rappelle-toi que le silence de la critique, comme les avis les plus offusqués, te faisaient rire, car tu sentis venir pour Vincent plus que l'amitié, la reconnaissance des artistes. »

Ces mots disaient vrai, et je n'ai plus bougé. J'ai laissé aller mon dos contre le fauteuil, renversé ma tête loin en arrière. J'ai vu chez moi sens dessus dessous, je suis resté ainsi de longues minutes jusqu'au flou, les rideaux de velours n'étaient plus qu'une tache ocre rouge.

Vincent appelait ses compagnons d'infortune et de colère les « *voir rouge* ».

Il n'y a que Vincent qui me berce. Il me faut des promesses.

Nous recevons des visites. Le docteur Gachet est passé, il avait apporté une petite esquisse que Vincent fit de lui ainsi qu'un dessin des tournesols. L'autre soir, Aurier est venu parler de la biographie qu'il doit écrire. J'ai ouvert pour lui le tiroir aux lettres, il était impressionné, mais ma main a tremblé au moment de lire l'une d'elles. Les trois premiers mots m'ont sauté à la gorge, ils se dupliquaient et résonnaient à l'infini, « *Mon cher Théo, Mon cher Théo, Mon cher Théo...* », ils tournaient autour de mon cou et serraient de plus en plus fort. J'ai fini par reposer l'enveloppe, expliqué à Aurier qu'il me fallait les classer avant de les lui laisser lire, et j'ai refermé le tiroir.

Je ne pleure plus. Mais je parle moins. Le chagrin est comme la lave du volcan, il a durci en moi, il effrite chaque jour un peu plus ma voix, amenuise mes gestes d'époux et de père, me mure, m'enferme et ne laisse aux autres qu'une petite partie de moi-même, deux bras, deux jambes et parfois un sourire.

*

Dries et Anna sont restés quelques jours chez nous. Nous formons à nous quatre une petite tribu hollandaise éraflée, et inquiète de la frénésie parisienne. Jo bat tapis et couverture avec une rage de femelle délivrant son foyer des poussières du souvenir, tandis que la cheville bandée je continue d'aller travailler. Le soir après le dîner, je m'isole au troisième avec les toiles de Vincent. On dirait qu'elles ont chassé le mobilier conjugal.

Je vais les exposer là. L'appartement vacant ne sera pas immédiatement reloué. Il abrita les premiers émois de mon mariage avec Jo, nos jeux faits de caresses et de fous rires, et l'arrivée de notre enfant. Il reste des murs aux teintes passées, des empreintes de meubles, des toiles enroulées, partout refusées, giclées de couleurs impatientes d'être regardées, et puis moi, héritier perdu, qui enroule, déroule, déplace, hésite, s'épuise et ne sais par où commencer. Émile Bernard doit venir. Je me suis souvenu de lui décorant l'arrière-boutique de l'auberge Ravoux autour du cercueil de Vincent, et je lui ai demandé son aide.

Il est arrivé vers neuf heures samedi matin. C'est un jeune homme frêle qui étoffe son menton d'une petite barbe, il était l'un des amis les plus proches et les plus sincères de Vincent. Ils s'étaient rencontrés à l'atelier Cormon, pouponnière de l'académie de peinture, que Vincent quitta rapidement. Souvent Vincent, avec sa toile, ses brosses et ses couleurs sur le dos, rejoignait Bernard dans l'atelier de bois qu'il s'était construit au fond du jardin de ses parents à Asnières. Il le devançait par l'âge, et lui parlait sous forme de conseils. Un jour même, il s'emporta violemment contre le père de Bernard qui marmonnait que toute cette peinture n'était que temps perdu pour son fils. Je ne vis que les restes de sa colère lorsqu'il rentra, mais je compris qu'elle avait été violente, chargée de bien des reproches aux pères. Les

97

deux copains ne se virent plus qu'à Paris, dans les gargotes et les bordels.

Émile Bernard a les gestes sûrs et rapides. Je le regarde faire chanter deux toiles mises côte à côte. Il place *La Berceuse*, femme rêvée des marins en pleine mer, verte, entre deux tournesols jaune et orange, telle une madone entre des candélabres. Il rapproche la gamme de jaune de la bleue, puis fait se côtoyer le vert et le rouge. Une sorte d'évidence le guide. Vincent lui parlait du mariage des couleurs. Dans les lettres qu'il lui envoyait, il faisait pour lui le croquis d'une toile à venir et y notait les teintes. Il dessina ainsi, dans le coin d'une page, une petite rue de Saintes-Maries-de-la-Mer, sur le ciel il écrivit Citron vert pâle, sur un toit Bleu orange, sur un autre Émeraude, sur celui d'à côté Violet. La première fois qu'il vit la mer Méditerranée, il la dessina avec ses voiliers et nota pour Bernard les nuances des eaux, là violet-vert, là vert-blanc, là bleu... Bernard apprit ainsi à imaginer les toiles de Vincent avant de les voir.

Oh, le beau soleil d'ici en plein été. Cela tape à la tête et je ne doute aucunement qu'on en devienne toqué. Or, l'étant déjà auparavant, je ne fais qu'en jouir.

J'y songe de décorer mon atelier d'une demi-dou-zaine de tableaux de tournesols, une décoration où mes chromes crus ou rompus éclateront sur des fonds divers, bleus depuis le véronaise le plus pâle jusqu'au bleu roi, encadrés de minces lattes peintes en mine orangé.

Des espèces de vitraux d'église gothique.

Ah! mes chers copains, nous autres toqués jouissons-nous tout de même de l'œil n'est-ce pas!

Oui Vincent, semble répondre Bernard.

Il est revenu le dimanche puis les jours suivants. Je le laisse faire, j'ai confiance et je suis épuisé. Il me raconte la dernière fois qu'ils se sont vus quatre ans plus tôt sur le trottoir du boulevard de Clichy, Vincent fourmillait de projets, bâtissait une confrérie de peintres, Bernard l'écoutait, fasciné, rêvant d'en être.

Aujourd'hui, il est plein d'une énergie que je n'ai plus.

Si ton père avait un fils chercheur et trouveur d'or brut dans les cailloux et sur le trottoir, certainement ton père ne dédaignerait pas ce talent. Or tu possèdes selon moi, absolument, l'équivalent de cela, lui avait écrit Vincent.

Pour finir, Bernard a peint à l'essence sur la porte vitrée du salon ainsi que sur les fenêtres, le semeur, le berger, les meules, fragments de campagne qu'aimait Vincent, qui donnent aux carreaux des airs de vitraux. Il n'y a plus au mur aucun espace libre.

*

Qu'il est beau ce premier soir où tout le monde est venu. L'arrivée d'un ami est toujours la même : il y a au bord des lèvres le sourire, quelques mots pleins d'émotion et puis, en quelques secondes, tout chavire, le rituel s'interrompt, les yeux sont aspirés par la lumière et la couleur. Ceux qui sont là connaissent Vincent, ils ont vu sa peinture par bribes, au café, chez Tanguy, chez moi, encore humide sous son bras, ou même parmi les chèvres et la paille dans une grange d'Auvers-sur-Oise, mais jamais ils n'ont vu l'ensemble. À cette première exposition de Vincent, on ne chemine pas de toile en toile, en observant là les courbes et les grâces féminines, là les harmonies de gris, les subtilités du ciel, ici le puits de lumière, ou encore, la patte de l'artiste. C'est un assaut, c'est brutal, c'est bouillant comme le feu du soleil, la sève impatiente de la nature, les rêves et les émotions d'un peintre sans école dont la main était une torche, qui trouvait plus de lumière dans les yeux des hommes que dans les cathédrales.

Le père Tanguy, cœur serré sous sa peau de vieillard, va des tournesols aux glaïeuls, des glaïeuls aux roses, des roses aux iris, et assure que dans sa boutique les fleurs de Vincent rencontrent un vrai succès, « *Les messieurs disent qu'elles ressemblent à des princesses* », « *Oui des princesses !* » a-t-il répété en m'empoignant par les épaules comme s'il cherchait encore un Van Gogh à étreindre.

Je raconte alors la visite muette de Paul Durand-Ruel, son pas qui faisait craquer le parquet, son visage impassible, ses atermoiements, sa peur du qu'en-dira-t-on. Nous rions tristement du chef de file de l'avant-garde à Paris, mais pas trop fort, nul ici n'a oublié les soupirs d'incompréhension que nous arrachait parfois Vincent.

Aurier est là, je rappelle qu'il fut le premier à faire l'éloge public de Vincent et j'annonce notre projet d'écrire son histoire. Le biographe enchaîne : « Quand je pense à ce qu'il m'écrivit à propos de mon article, *"je me sens mal à l'aise lorsque j'y songe que plutôt qu'à moi ce que vous dites reviendrait à d'autres"*. »

Je me souviens alors de Vincent au mois de mai dernier, ici même parmi les meubles. Il écrivait à cet Isaäcson qui publiait une série d'articles sur les jeunes artistes, dont Vincent, pour l'exhorter à ne pas trop s'attarder sur son cas, « *jamais je ferai des choses importantes* », disait-il.

Lautrec, torse agité sur de toutes petites jambes brisées et jamais grandies depuis un accident d'enfance, retrouve la pose aristocratique et jure qu'il défiera, épée à la main, quiconque rirait du talent de son ami Vincent. Charles Emmanuel Serret, peintre et lithographe, conquis depuis des années, veut comprendre d'où vient l'indépendance de Vincent et me demande de lui raconter nos origines, la Hollande, la famille. Je m'exécute mais brièvement, je me sens un mousquetaire vacillant, je raconte la bruyère que Vincent et moi apercevions depuis notre petite chambre du presbytère de Zundert, nos longues promenades, les sermons doux de notre père, nos oncles, importants marchands d'art de La Haye, où Vincent travailla le premier et moi ensuite, je raconte ses voyages, ses sermons, ses lettres, mon frère qui se voulut apôtre, et se fit peintre.

Vincent resplendit tandis que je m'épuise.

Jo, femme parmi les hommes, ne dit pas grand-chose. Elle seule sait, qu'une fois ce monde rentré chez lui, le frère pâle et habité, terrorisé par la nuit et son cortège d'hallucinations, prendra ses gouttes contre la toux puis se recroquevillera sous les draps sans plus la toucher. Je la sens qui me regarde livrer mes derniers feux, et me supplie de m'économiser un peu. Mes lèvres disent Vincent, mes mains expliquent Vincent, mon rire est réservé à Vincent. Le docteur Simon, passé hier,

102

m'a dit que rester chez moi au calme et au chaud ferait du bien à ma toux mais pas à mes nerfs.

Gachet m'attrape par le bras et me parle de son projet d'écrire lui aussi sur Vincent, il déclare en ami, en médecin, en amateur d'art, en homme grisé par la fréquentation des cercles artistiques que la souffrance est inséparable d'une haute intelligence et d'un grand cœur. Il va répétant cette phrase avec fougue et m'emmène face à l'un des autoportraits de Vincent. Il me raconte alors que jeune étudiant en médecine, il consacra sa thèse à la mélancolie, et, mot à mot, il me brosse le portrait robot du mélancolique qu'il écrivit alors.

Sa taille est moyenne, l'œil est abrité par d'épais sourcils. Les formes du visage, comme celle de tout le corps, sont nettement accusées, les cheveux et les poils sont épais, très serrés ; le regard est perçant, incisif, observateur. L'être mélancolique est doué d'une bonne constitution qui résiste facilement à la fatigue, aux privations, au chagrin même. Cette énergie physique, puissante, résistante est accompagnée d'une volonté de fer, de passions vives. Dans le monde, ce sera souvent un être étrange, bizarre, fantasque, sensible et impressionnable jusqu'à l'excès. S'il n'arrive à se dominer, ses actes sont pleins d'emportement : il est véhément, irascible lorsqu'il s'anime. Il est souvent bon jusqu'à l'excès, dans ses amours il est impérieux, exigeant, susceptible. Riche d'une âme forte et bien trempée, ses instincts sont puissants, ses passions excessives ; c'est de tous les hommes celui qui se raidit le mieux contre l'adversité.

Lorsque tout le monde est reparti, j'ai fermé la porte du troisième étage, je suis descendu d'un pas de somnambule. Sur le lit, je ferme les yeux, je ne lutte plus contre la nuit. Celle qui vient est saturée de jaune, pleine d'une foule lointaine qui marche vers moi, sans visages mais les dents ruisselantes de peinture.

Vincent aussi a mangé ses couleurs, lorsqu'il était parmi les agités à Saint-Rémy. Les religieuses lui administraient un contrepoison, alors il demandait pardon et se remettait au travail.

Je lui avais conseillé la prudence.

Tu sais qu'il est dangereux par moments d'avoir des couleurs près de toi, pourquoi ne les mettrais-tu pas de côté pour quelques temps en faisant des dessins...

La peinture est un poison.

Il est cinq heures quand un froid glacial me réveille, comme si j'avais couché près d'un mort.

*

En quelques jours, tout ce que Paris compte d'amis, de connaissances et d'amateurs d'art à l'esprit curieux est passé voir l'exposition. Le calme revient chez nous. Les dîners sont de plus en plus silencieux, Jo brûle de questions auxquelles je ne peux répondre sans brusquerie. Ma toux est mauvaise. J'ai arrêté les gouttes du docteur Mate, elles sont peut-être la cause de mes nuits pleines de cauchemars et d'hallucinations. Si je ne l'avais pas fait, je serais devenu fou. J'aurais sauté par la fenêtre, je serais mort de toute façon.

Ce soir, je dois remonter au troisième étage, comme un gardien fait sa dernière ronde. Le repas se termine, je vide mon verre, j'esquisse un sourire d'excuse, Jo me le rend, je me lève de table, j'enfile ma veste, et je sors sans un mot. Dans l'escalier, j'ai le pas lent qu'ont ceux qui rentrent chez eux. J'ouvre la porte, j'allume du bout de ma bougie les lampes à huile posées sur le sol. Nous voilà seuls Vincent et moi. Je suis l'ex-locataire de cet appartement, et je ne me résous pas à partir, parce que les souvenirs ne se plient pas au déménagement, ils restent là, étrangers à la suite, moi aussi. Vincent et moi n'avons jamais cessé de vivre ensemble. Je ne le savais pas alors.

Je frôle les murs et les tableaux, je m'arrête face à lui. S'il a fait tant d'autoportraits, c'est qu'il n'avait pas l'argent pour se payer des modèles.

Il avait peu de sympathie pour sa tête.

105

Je fais de rapides progrès dans l'évolution qui mène à l'état de petit vieillard. Tu vois ce que je veux dire Théo : le petit vieux tout ridé, à la barbe dure, qui a trop de fausses dents.

Là, Vincent est coiffé d'un énorme pansement et d'un chapeau à franges sur la tête. Les couleurs sont vives et tranchées, rouge du fond, vert des vêtements, bleu du couvre-chef. Il est à Arles, un bout d'oreille en moins.

Ici, c'est juste un peu plus tard, il est interné à Saint-Rémy, il est maigre, il trouve souvent des cafards dans son assiette.

Mais qu'importe l'ordre, ou le lieu. Je sais qu'il préférait jouer avec les couleurs qu'avec le reflet de son âme.

Je l'ai commencé le premier jour que je me suis levé, j'étais maigre pâle comme un diable. C'est bleu violet foncé à tête blanchâtre avec des cheveux jaunes, donc un effet de couleur.

Il se regarde en peintre, il est devenu son propre sujet, il se laisse absorber, transformer, s'oublie sur la palette aux teintes pures.

Celui-ci, tête nue d'un condamné, sur fond

bleu pêché dans une mer lointaine, il l'a offert à Gauguin, peut-être à cause du Pacifique.

Quand je me vois j'éprouve l'impression d'avoir fait dix années de prison cellulaire.

Dans les yeux de Vincent, il y a les feux de l'inquisition, le bouillonnement d'un cerveau trop lucide, il y a l'insensé qui passe, l'enfance avec, il y a ce bleu clair qui lui fait voir clair, et me transperce.

Dans les yeux de Vincent, j'ai connu le doute, la rage, l'hésitation, la perdition et la mort en approche, mais toujours j'ai senti sur moi le jugement. Chacune de nos retrouvailles me valait l'inspection de son regard, qui n'était, en somme, que le reproche de vivre loin de lui.

Je le revois, halluciné et résolu à se priver de tout, vivant misérablement parmi les mineurs du Borinage, il a vingt-cinq ans, il m'entraîne pour une promenade autour d'un puits de mine désaffectée dit « la Sorcière » et m'inspecte tel un étranger trop bien mis dans son costume de jeune marchand d'art ; je venais d'avoir vingt et un ans, et j'étais venu secouer mon aîné qui s'égarait.

Je le revois enivré et taché qui m'inspecte encore des années plus tard dans notre appartement de la rue Lepic. Notre tentative de vivre ensemble à Paris échouait, s'achevait dans les cris, je ne supportais plus la crasse, le désordre et la fuite de mes proches. J'avais même écrit discrètement à Wil des paroles que je croyais définitives.

Il fut un temps où j'aimais tellement Vincent, il était mon meilleur ami, c'est fini à présent.

Je le revois sur son lit d'hôpital à Arles, qui toujours m'inspecte et cherche sur moi les traces d'une femme, bientôt ma femme, dont il pense qu'elle va lui prendre le temps, l'amour, l'argent que je lui réservais.

J'étais la sagesse, mais il était la poigne.

Ce portrait-là est parmi les derniers peints par Vincent. Il y a des plis sur son front. Et des tourbillons dans le fond. Mes yeux s'y égarent, je cherche une brèche, une serrure à l'absence. Ma tête est lourde. Mes mains jointes dans le dos, comme je faisais à la galerie, ne sont plus que deux poids au bout de mes bras ballants. Je tremble. Mais je dois avancer.

On dirait que sa prunelle, du fond de la toile, m'inspecte encore, elle détaille mon corps malade, elle me transperce, elle me dissèque.

C'est bizarre... Cette pupille rétractée bordée de vert, ces cheveux couleur cendre, ce teint gris-rose, ces rides au front d'une jeunesse trop vite déguerpie... c'est lui et ce pourrait être moi.

De ceux à qui j'ai été le plus attaché, je n'ai pas remarqué autre chose que comme à travers un miroir, pour d'obscures raisons...

Là, cet épais pansement blanc, cache d'une oreille sanguinolente, reste d'un soliloque, d'une corrida qui fit Vincent à la fois matador et bête vaincue, je le voudrais autour de ma tête, elle est malade...

Mes dernières forces me quittent. On dirait que la peinture aspire le bleu de mes veines, le rose très pâle de mes joies, le vert de mes yeux, elle me prend à la gorge, elle m'emporte. Je n'ai jamais posé pour Vincent. Il ne me l'a pas demandé. Et maintenant je regarde en lui comme dans un miroir.

La vie revient trop vite sur ses promesses, puisqu'elle me lâche.

Je suis à genoux, comme tous les rêveurs contrariés. Vincent est debout sur ses toiles.

Je n'ai pas la force de redescendre. Je crois que je pleure. Je retire ma veste, j'en fais une boule, j'y pose ma tête. J'ai froid, je me recroqueville sur le sol nu de mon appartement vide. Je suis un frère sans frère et sans oreiller. Des mots viennent à ma voix, en forme de mélopée, je ne sais plus ces prières apprises naguère, je les ai jetées aux doutes mais jamais à la face de mon père... Je m'entends dire, et redire dans toutes nos langues, « *mon vieux, mon vieux, old boy, kerel* ».

De nous deux j'étais le plus jeune, mais Vincent me parlait ainsi dans ses lettres.

Elles arrivaient ici presque chaque matin. Elles ne connaissent que cette adresse.

Paris, 13 octobre
Maison de santé Dubois

Théo s'éveille. Il n'est pas chez lui. Du regard, il semble faire l'état des lieux. Une chambre anonyme. Une forte odeur de médicaments. Un vieux lit en métal. Sa cheville enflée depuis qu'un cheval fou lui a barré la route. Un tube, tout contre sa jambe, jauni par l'urine qui ne s'écoule plus toute seule. Son torse sans bras, ses mains nouées dans le dos sous une toile rêche. Mais rien, plus rien, n'obscurcit son front. Théo a capitulé.

Se souvient-il seulement le départ en hâte la veille, entre deux infirmiers musclés, vers la maison de santé Dubois, du nom d'un chirurgien, ancien de l'expédition d'Égypte, au 110 de la rue du Faubourg-Saint-Denis?

Se souvient-il qu'il faillit faire mal à Jo et son fils, qu'elle eut juste le temps d'envelopper l'enfant d'un châle, avant de s'enfuir? Elle arriva en larmes chez son frère Dries, haletante et défaite, ne voulant pas raconter comment Théo la menaça, secouant la tête pour dire non, non... L'homme hurlant laissé derrière elle, cité Pigalle, n'était plus Théo. Dries tournait en rond, et répétait : « *Il est hanté par Vincent, il en veut à tous ceux qui n'entrent pas dans ses idées* », tandis que sa femme Anna, dont Jo avait pansé les plaies quelques semaines plus tôt, offrait son épaule à l'épouse en fuite.

Se souvient-il, Théo, qu'il se crut libre comme jamais, qu'il prit congé de ses patrons, ou plutôt les congédia de sa vie, qu'avec des mots flamboyants il tissa une ode à la peinture et cracha sur les marchands de respectabilité, qu'il crut enfin réalisé ce rêve qu'il bâtissait avec Vincent au fil des lettres : Théo à son compte, Théo marchand apôtre, ami et bienfaiteur des peintres et des artistes, maître de ses choix ! Il le crut tant qu'il envoya un télégramme à Gauguin, « *Départ assuré pour tropiques, argent suit. Théo, directeur* ». Seule la démence l'a promu directeur.

« *Idées de suicide, idées de grandeur* », a noté le docteur à son arrivée.

Jo le regarde, muette. Il bouge parfois, alors le lit gémit de fatigue. Les médecins lui ont administré des calmants, et préparent son transfert vers la maison du docteur Blanche. L'endroit est réputé. Le docteur Blanche, prénommé Esprit, prônait au début du siècle une approche humaine de la folie, et donna à son asile des airs de pension de famille. Il y accueillait artistes et gens aisés qu'il invitait à sa table. Son fils Émile a pris sa suite. Il attend Théo. Le refuge des agités et des mélancoliques est à Passy, entre le village d'Auteuil et la colline de Chaillot.

Passy, 14 octobre
Clinique du docteur Blanche

Le lieu a l'air tranquille, il est coquet même. Rien, à première vue, n'évoque la réclusion. Au fond du parc, on aperçoit un palais blanc à pilastre, avec des rubans sculptés et des «L» enlacés sur les frontons, seuls restes des blasons d'une princesse de Lamballe dépecée à la Révolution. Mais ce sont les arbres nombreux et beaux, dénudés par l'hiver en approche, que Jo remarque immédiatement. Elle pense aux peupliers, aux cyprès, aux vieux saules que Vincent peignait depuis sa cellule de Saint-Rémy.

Les branches tracent la ligne d'un horizon commun aux deux frères.

Émile Blanche est venu au-devant d'elle. Son visage encadré de deux favoris mélange bonhomie et austérité, mais ne dit rien de son âge. Il tient des propos rassurants. Il dit son goût pour l'art, et son respect pour Théo. Il tente de rassurer Jo, lui

vante l'endroit choisi pour ses sources d'eau fer-
rugineuse, idéale pour l'hydrothérapie, préconisée
par les meilleurs aliénistes. Elle ne retient qu'une
image : le corps maigre de Théo voué à tremper
de longues heures dans une eau tiède entre vingt
et vingt-cinq degrés, comme Vincent qui dans ses
lettres racontait :

*... avec dans ces derniers temps deux bains de deux
heures par semaine, il est évident que cela doive
beaucoup calmer.*

Vincent encore, tapi dans les branches et au
fond de l'eau.

Jo suit le docteur dans les couloirs de cet ancien
théâtre des ballets mondains, où se courtisent
désormais la maladie, la folie et la mort parfois.

Il n'y a pas de diagnostic inscrit sur le registre.
Un des nombreux spécialistes vus ces derniers
jours a dit : « *C'est beaucoup plus grave que Vincent.* » Vincent-frère mesure.

La médecine n'est pas savante. Elle ne sait de
quoi souffrait Vincent et n'en dit pas davantage
concernant Théo. Elle aussi mélange les humeurs
et les couleurs. La bile noire qui déborde, c'est
trop de mélancolie, la bile jaune, c'est trop de

colère. Elle a ses traités, son vocabulaire, une liste de symptômes et de maladies, elle dit « la syphilis, la paralysie, l'excitation, la démence », mais elle ne fait pas le lien entre ces mots. Les maladies nerveuses et mentales, sous toutes leurs formes, se révèlent absolument mystérieuses. Alors Vincent devient frère mesure... Comme lui, des arbres et des bains dans l'enceinte de la folie. Mais c'est beaucoup plus grave.

Théo est installé dans sa chambre. Il est raide, silencieux, ses yeux dilatés semblent voir sans voir. Jo lui caresse le front, il ne réagit pas. Elle s'en va, revient le lendemain. Revenir, et repartir la silhouette chaque fois un peu plus lourde de tristes nouvelles.

Théo ne mange plus. Une sonde aux anneaux souples, graissée à l'huile, enveloppée d'un tube élastique, entre par ses fosses nasales et glisse le long de son pharynx, longue de quarante-quatre centimètres, épaisse d'un diamètre de quatre millimètres ; elle lui injecte la nourriture.

Théo profite du jardin, il se promène deux fois par jour dans le parc quand il le peut.

Théo remange mais ne mâche pas.

Le docteur Gachet est venu le voir, mais il n'a pas eu la permission de s'approcher, les visites à Théo sont interdites désormais. L'ami s'est contenté de le regarder de loin, passer entre les arbres sous une fine pluie qui ne lave rien. Aurier est venu lui aussi, en rentrant il a écrit à Gachet :

Il ne nous reste plus qu'à faire nos devoirs d'amis. Peut-être aussi à espérer.

Théo a déclaré dans un moment de béatitude qu'il est le plus heureux des hommes. Il s'est ensuite mordu la lèvre inférieure.

Théo va mieux, il est plus stable, il va repartir vers la Hollande, le père de Jo a des relations, il s'est occupé de tout. Théo rentre chez lui.

Je, soussigné, Docteur en médecine de la faculté de Paris, Directeur de la maison de santé consacrée au traitement des aliénés dite de paris Passy rue berton n° 17, chevalier de la légion d'honneur, certifie que Monsieur Van gogh, Théodore, né à Zundert (Hollande) le 1er mai 1857, Marchand de tableaux, marié à madame Joanna Bonger, demeurant à Paris Cité Pigalle n° 8 est atteint d'excitation maniaque aigue avec délire orgeuilleux et paralysie générale progressive et que son état exige impérieusement son maintien dans une maison de santé spéciale.

Monsieur Van Gogh est rapatrié par mes soins et reconduit par deux de mes employés en Hollande où il doit séjourner dans la maison de santé de Docteur Moll à Utrecht.

Paris, le 16 Nov 1890

J. Meuriot
Vu pour certification matérielle de la signature de Mr le Dr Meuriot apposée ci-dessous.
Paris, le 17 Novembre 1890
Le commissaire de police,
C. Dupuis

*

Par le train de nuit, direction Utrecht, sa femme, son fils le petit homonyme en face de lui, la camisole et deux infirmiers autour de lui, Théo s'en va, les yeux posés au-delà de la fenêtre, vers les paysages qu'estompe l'obscurité tombante. Plusieurs fois Jo l'a frôlé, a cherché à prendre son regard dans le sien, a passé l'enfant tout près de son visage espérant que l'odeur des petites chemises de flanelle lui rappelle qu'il aimait à les chiffonner naguère parce qu'il les trouvait douces et chaudes. Mais Théo n'a plus un mot, plus un regard. Il s'agite ou bien s'éteint, son corps et sa raison l'ont trahi. Il n'est plus qu'un souvenir.

Vincent, ne te casse pas la tête pour moi ou pour nous mon vieux, sache-le que ce qui me fait le plus grand plaisir c'est quand tu te portes bien et quand tu es à ton travail qui est admirable. Tu as déjà trop de feu, et nous devons être encore bons à la bataille d'ici longtemps, car nous bataillerons toute notre vie sans prendre l'avoine de grâce que l'on donne aux vieux chevaux de grande maison. Nous tirerons la charrue jusqu'à ce que cela ne marche plus et que nous regarderons encore avec admiration le soleil ou la lune, selon l'heure. Nous aimons mieux cela que d'être mis dans un fauteuil à se frotter les jambes comme le vieux marchand à Auvers. Dis, vieux, fais tout pour ta santé, moi aussi j'en ferai autant, nous avons trop dans la caboche pour que nous oubliions les pâquerettes et les mottes de terre fraîchement remuées et les branches des buissons qui germent au printemps ni les branches dénudées qui frissonnent en hiver ni les ciels sereins bleus limpides ni les gros nuages de l'automne ni ciel gris uniforme en hiver ni le soleil comme il se levait au-dessus du jardin des Tantes, ni le soleil rouge se couchant dans la mer à Scheveningen, ni la lune et les étoiles une belle nuit d'été ou d'hiver, non arrive ce qui arrive, voilà notre profession. Théo

Utrecht (Hollande), novembre

Institution pour malades mentaux
Dossier médical de Théo Van Gogh

18 novembre.

Le patient est arrivé ici, emmené par deux fonctionnaires de l'institution d'Auteuil où il était soigné. Il a voyagé toute la nuit, il est animé et confus. Il n'a aucune notion de temps ni de l'espace et ne dit rien d'autre que des mots incohérents. Ne donne aucune réponse juste. Il parle tout un tas de langues, mais très difficilement compréhensibles. Il marche difficilement parce qu'il a un pied gonflé après être tombé à Paris.

Sur demande exprimée avec beaucoup d'insistance, il donne la main pour faire prendre son pouls très faible et très rapide. Il finit également par sortir la langue qui ne tremble pas. Pupilles inégales, l'apparence générale mauvaise et affaiblie fait reconnaître en lui la paralysie. Il était nourri depuis quelque temps par sonde et était quelquefois incontinent. Il a tendance à détruire ses vêtements. Là-bas, il portait souvent la camisole dans laquelle il fit le voyage, durant lequel il ne dormit pas et était très agité. Le patient a des antécédents génétiques, il avait une vie pleine de souffrances psychologiques, de difficultés et d'efforts. Au cours de l'après-midi, après avoir beaucoup mangé, je lui ai fait prendre un bain dans lequel il a retrouvé à peu près son calme, ensuite je l'ai mis dans un lit où il s'est endormi plus ou moins, ce dont il a besoin mais ce dont il n'est pas conscient. A mangé un peu l'après-midi et s'est tenu tranquille jusqu'à neuf heures. Puis est redevenu agité et bruyant. Il fait une impression triste à l'auscultation pour autant qu'elle pût être pratiquée. Nous entendons une bronchophonie claire, il tousse beaucoup mais sans glaires. Le soir, je fais préparer une mixture de chloramide. À Paris, le patient a été diagnostiqué comme souffrant d'une paralysie générale progressive. Nous ne pouvons hélas que valider cette thèse après cette première rencontre.

19 novembre.

Vers 10 h 30 hier soir on a trouvé le patient endormi tranquillement. Avait pris 1,5 de chloramide. Plus tard dans la nuit, il s'est agité puis s'est rendormi. Il est devenu de plus en plus bruyant à la visite de ce matin. Ne donnait aucune réponse juste. Avait petit-déjeuné un peu. Était resté couché plus ou moins tranquille. Mais tient continuellement de nombreux monologues incohérents en différentes langues. A pris cet après-midi un peu de bouillon avec œuf, un peu de soupe et le soir un peu de lait fermenté. Mais il est difficile de lui faire avaler quoi que ce soit. Avant le dîner, il prit un bain chaud. Il marche bien. Le pied s'est dégonflé. À 9 h 30, on a trouvé le patient dans un sommeil tranquille.

20 novembre.
Le patient, qui soudainement ne dormit plus beaucoup, était bruyant, animé, il a déchiré plusieurs de ses vêtements, se cognait la tête à tout et a fini par être vêtu d'une grenouillère. Prise de nourriture difficile. Le plus facile à avaler est sous forme liquide. Digestion d'un patient très déréglée, ce dont il n'a pas conscience. Par ailleurs, reste confus et incohérent dans ses monologues et ne donne aucune réponse satisfaisante.

21 novembre.
Patient reste dans le même état. Il a été isolé toute la journée, fait beaucoup de difficultés pour être nourri. D'apparence pitoyable dans tous les sens du terme.

22 novembre.

A peu dormi cette nuit. Hier soir, on lui a donné un peu plus de chloramide. Mais il n'en a pas pris beaucoup. Ce matin, on arrive enfin à le rhabiller et il reste dans la salle commune avec des gants pour plus de sécurité. Il est totalement inconscient. Ne donne aucune réponse. Tient des monologues incohérents en différentes langues. A l'air mal en point.

23 novembre.

Le patient a été sans sommeil pratiquement toute la nuit, bruyant, animé, il a répandu la nourriture offerte et ce matin a déchiré ses vêtements. A dû être habillé par quatre personnes d'une grenouillère. Une à deux fois, il a crié qu'il suffoquait. Le médicament a été pris convenablement aujourd'hui. L'urine passe bien mais la défécation est lente. A pris ce soir après le bain en même temps que l'Hypnoticum, un laxatif. Il dormait bien à minuit et demi.

24 novembre.

Aujourd'hui dans l'ensemble plus calme. A pu venir en salle et y rester. Doit cependant porter et garder les gants. Comme elle le demandait avec insistance, nous avons autorisé une visite de l'épouse à laquelle aucune parole correcte n'a été prononcée. A renversé plusieurs chaises et la table ; ont dû rapidement interrompre la visite. L'aspect physique n'a pas surpris la femme, mais elle a été déçue par l'état psychique. Quant à nous, nous trouvons les deux extrêmement pitoyables et nous lui en avons fait part sans ménagement. Le soir bain et Hypnoticum.

25 novembre.
La nuit a été tranquille. Le patient était en salle au moment de la visite. On n'entend aucun mot convenable. Il est inconscient du temps et de l'espace. Mange un peu mieux. Le médicament est pris. Cependant l'une et l'autre doivent lui être donnés. A toujours la pulsion de la destruction. Pupilles très petites, à gauche plus petite qu'à droite.

26 novembre.
La nuit a été relativement tranquille dans la première moitié. Mais plus tard au matin le patient est devenu bruyant, animé. A détruit le sommier, la paillasse et une chemise. La journée et aussi ce soir étaient relativement bien.

27 novembre.
Aujourd'hui, relativement à ses habitudes, il a passé une journée calme après une nuit partielle-

ment très perturbée. A reçu une visite du docteur Van Eeden qui l'a vu à Paris en dernier et qui l'a trouvé très diminué. Intellectuellement comme somatiquement. Il faut dire qu'aujourd'hui il avait l'air plus inanimé que les autres jours. La parole était peu sûre. Les pupilles très petites. Après un clysma on a réussi à sortir un peu de matière fécale dure. Uriner se passe bien.

N'a pris que peu de nourriture aujourd'hui dont il a vomi une partie. Le médicament après le bain a bien été pris.

28 novembre.

Cette nuit à nouveau plutôt agitée. Ce matin a pris pas mal au petit déjeuner. Ensuite dans la salle, assis plutôt tranquillement. A fait part en français d'un mal de tête. Il devenait somnolent, a failli s'endormir. Bien mangé ce midi. A tenté de dire quelque chose mais la parole est incompréhensible de par le fort tremblement de la langue. N'a par ailleurs aucune conscience des réponses justes. Apparence apathique et mauvaise.

29 novembre.

Toute la journée d'aujourd'hui s'est passée dans un calme relatif après que la nuit fut également plutôt meilleure. La prise de nourriture allait de mieux en mieux.

30 novembre.

Cette nuit le patient était très agité et aujour-
d'hui, il est remuant et bruyant. La nourriture
liquide a été prise en entier. Selles et urines très
satisfaisantes. En prenant le bain, le patient s'est
endormi dans la baignoire.

1er décembre.

A eu une nuit excellente. Aujourd'hui, relativement à son habitude, il a été plus calme et plus
tranquille et ce soir il a réussi à parler très bien. Il
se plaignit d'un ténesme vésical, mais on n'a pas
réussi à lui mettre un cathéter. Cet après-midi a
un peu plus et mieux mangé. A pris la boisson en
journée. Le bain a eu l'effet voulu sur son urine.
Le sommeil est revenu. Présente tous les symptômes du *Dementica paralytica*, reconnaissable à
l'apparence, l'attitude, la parole et les actions du
patient. On a besoin de ne le voir qu'un seul
moment pour arriver à la conclusion que nous
avons affaire ici à une évolution très rapide qui
agit de façon destructive sur son existence physique comme intellectuelle.

Transféré d'un asile de Paris vers ici, il ne fait
pas montre de la moindre compréhension de son
état ou du changement de lieu qu'il a subi. Là-
bas, comme ici, il était incohérent en pensée en

126

parole et ne donnait jamais une bonne réponse. Il était animé, affairé, destructif, parfois incontinent, devait être nourri et assisté comme un enfant. Il marche mal. Son élocution est empêchée, sa langue tremble, ses pupilles sont quelquefois inégales. Son état est de telle nature qu'il est inapte pour le quotidien, ainsi que pour les soins à domicile.

9 décembre.

Au cours de cette semaine, l'état du patient fut très variable. Une grande agitation qui le rendait bruyant, destructeur, ingérable, alternait avec un calme relatif. Un jour, une visite de sa femme et de sa sœur a été autorisée, ce qui l'excita immédiatement et le dérangeait encore plus et dont les suites négatives se sont fait sentir plusieurs jours. Depuis quelques jours le patient se nourrit mieux, les nuits commencent à être meilleures. Il marche cependant mal, il est quelquefois incontinent, n'a pas de compréhension de lieu ou d'espace ou de ce qui se passe autour de lui. Ses pupilles sont quelquefois inégales, son apparence générale est de plus en plus apathique, il ne donne jamais une réponse satisfaisante et convenable.

Il reçoit dans une décoction son médicament et le soir une dose plus petite de chloramide alors que quelques compléments alimentaires lui sont administrés. L'état général est en tout point pitoyable. Le diagnostic est réservé autant physique que psychique.

16 décembre.
Le patient est alternativement agité, remuant, bruyant, puis apathique et assoupi. Les prises de nourriture et des médicaments sont variables. Son apparence est mauvaise et affaiblie. Il ne donne jamais de réponse convenable.

23 décembre.
État généralement inchangé. Sauf que le patient commence à manger mieux et à le faire tout doucement seul. Quelques fleurs apportées par sa femme ont été détruites immédiatement après réception. Sa femme ne l'avait pas vu. Il était trop agité.

30 décembre.
Ces derniers jours, le patient est plus calme, plus silencieux. Mais pour le reste, tout reste d'actualité. Ce matin a été découvert, sur le gland du pénis, une espèce de pelade en forme de verrue, avec un petit saignement dessus.

6 janvier 91.
Par des lavements cinq fois par jour avec une solution d'acide borique, l'état antérieur a été

retrouvé et il n'y a plus de trace de la pelade. Je tentais avec lui de lire un article sur son frère peintre décédé dans le Handelsblad, mais il lui a été impossible de maintenir son attention, alors qu'il a lu immédiatement le nom et la date.

Son apparence s'améliore. Mange totalement seul. Il est encore incontinent. A l'air de plus en plus apathique.

J'ai déconseillé une visite que sa femme avait l'intention de faire ce matin parce que le patient était à nouveau particulièrement agité et bruyant.

À mon entrée dans la salle, il crie ces derniers jours (à sa façon) toujours inarticulé, « *Voilà le docteur* ».

13 janvier.
Soudainement plus bruyant et puis d'un coup plus calme. A eu cet après-midi la visite de sa femme et de sa sœur mais s'est montré indifférent. La prise de nourriture a été à nouveau plus difficile cet après-midi et ce soir. Il a mauvaise apparence. Les nouveaux essais de médicaments ne donnent rien. La marche est à nouveau moins facile.

20 janvier.
Depuis quelques nuits le patient dort dans un lit creux et tapissé. Mais pour plus de sécurité

encore en isolation. Devient de plus en plus apathique. Et de temps en temps très bruyant. Durant quelques jours, avaler était très difficile, il a dû être nourri à nouveau.

A été interné en deuxième classe le 18 novembre 1890. N° 84. Sorti décédé le 25 janvier 1891

Van Gogh Théodorus

Marié

Protestant

33 ans

Marchand d'art

Dementica paralytica

Pronostic négatif

Causes : hérédité, maladie chronique, surmenage, tristesse.

Auvers-sur-Oise, avril 1914

Chuintement de locomotive qui ralentit au ter-
minus d'hier.

Morsure du souvenir qui installe Vincent sur le
quai. Il a au creux de la main un nid tombé des
arbres.

Tête légèrement inclinée sur l'épaule gauche,
Johanna, vêtue de noir, regarde son fils Vincent,
jeune ingénieur accompagné de sa fiancée, assis en
face d'elle, dans le compartiment. Il a grandi, elle
a vieilli. Tous trois, venus de Hollande en passant
par Paris, forment la fin du convoi, la faible
escorte d'une étrange cérémonie.

Voilà deux jours, un autre train est entré en
gare d'Auvers, avec un wagon supplémentaire,
scellé à Utrecht. Il transportait le cercueil. Paul
Gachet, fils du vieux docteur éteint, était là pour
l'accueillir.

Théo Van Gogh, mort il y a vingt-trois ans, rejoint son frère.

Car la peinture a parlé.

Elle a pris de la valeur, de la place aux murs des collectionneurs et des expositions.

Deux mois après la mort de Théo, au Salon des indépendants de 1891, on pouvait voir dix tableaux de Vincent : *Cyprès, Rochers, Allée à Arles, Champs, Gerbes de blé, Roses, Lever de soleil, Résurrection, Abricotiers en fleur, Village*.

L'année d'après, cent toiles et dessins étaient exposés au Panorama à Amsterdam, à l'initiative de Jo.

*

Au tout premier soir de sa solitude, alors que son époux dormait dans une camisole, elle alla vers le tiroir et en sortit les enveloppes. Elle n'y cherchait pas Vincent mais Théo. Elle lisait et relisait, buvait chaque mot, absorbait chaque détail. Et ainsi chaque soir, elle revint à leur incessant va-et-vient, à leur étreinte à distance, aux sortilèges de leur enfance, à cette façon qu'ils avaient de s'aider mutuellement à muer et faire craquer les vieilles peaux, à leur totale dépendance : Théo qui envoie les couleurs, Vincent qui laboure les toiles ;

Théo qui ajoute un veston de laine, Vincent qui s'éternise le soir à dessiner et retoucher.

Jour après jour, tout en cherchant celui qui ne la reconnaissait plus, c'est Vincent qui apparut à Jo, de plus en plus compréhensible et seul.

Après la mort de Théo, elle s'installa en Hollande avec son fils, elle rapporta de Paris des piles de toiles sans valeur. Au-dessus de la cheminée, elle accrocha *Les Mangeurs de pommes de terre*, pas très loin *Un vase avec des fleurs* — le violet — près de la porte *Le Boulevard de Clichy*, au-dessus du piano quatre dessins de Monticelli, à côté du placard des autoportraits de Guillaumin et de Bernard, et près de la table des estampes japonaises. Dans une autre pièce, au-dessus du vieux canapé de Théo, déjà là rue Lepic, elle suspendit un grand tableau de Gauguin fait en Martinique, et dans le couloir à l'étage la cour de l'hôpital d'Arles ainsi que la fontaine de Saint-Rémy. Dans sa chambre, *La Veillée* d'après Millet, *La Pietà* d'après Delacroix, *Le Verger en fleur*.

Johanna vécut ainsi parmi les souvenirs et les tableaux, portant le deuil de deux frères passionnés, accueillant chez elle parfois leur vieille mère, avec laquelle, sous la véranda, elle partageait sa nostalgie. Elle s'activait aussi, montrait, démarchait, roulait les toiles dans des caisses qu'elle mettait au train, puis rentrait chez elle nettoyer la poussière d'une peinture qui voyage. Au fil des années, Johanna inscrivait des chiffres de plus en plus gros dans son livre de comptes, lisait et recopiait les lettres de Vincent, dont elle pressentait l'avenir.

En ce jour d'avril 1914, Johanna, de nouveau veuve après s'être remariée, est venue rendre Théo à son frère. Après bien des courriers aux consulats de France et de Belgique, elle a obtenu le permis d'exhumer son corps et de le mener à Auvers. Le consul de France s'est déplacé pour l'exhumation. Car la peinture a parlé. Dans quelques semaines, seront publiés trois gros volumes des lettres de Vincent à Théo, préfacées par Johanna van Gogh-Bonger.

Aujourd'hui dans le cimetière d'Auvers, elle avance au côté de son fils. Près du mur adossé au champ de blé, la terre est ouverte, et Vincent semble dire à Théo d'une voix perchée sur on ne sait quelle branche éternelle : «Alors, toi aussi tu étais cassé pour la vie au-dehors?»

*

Il n'y aura pas d'épitaphe. Leurs deux noms côte à côte suffisent.

Ils restent comme deux acharnés, qui s'acharnent malgré le décharnement. Ils préféraient la pensée aux chimères, ils aimaient la peinture et les livres, au point d'en charger leurs lettres comme on bourre des sacs postaux.

Vincent et Théo ont quitté une société d'argent, de militaires, et d'artistes en mauvaise santé. Un monde au bord de la guerre.

Un jour viendra où l'on ne distinguera plus la tombe de Vincent de celle de Théo. Un manteau de lierre les recouvrira, increvable, d'un vert sombre au pied des stèles, parfois brillant les nuits d'été, sous des étoiles très grandes.

Il les enveloppera et dira pour eux : c'était mon meilleur ami, c'était mon frère.

TITRES CHOISIS

Vincent Van Gogh, Gustave Coquiot, Librairie Ollen-
dorff, 1923.

Vincent and Theo Van Gogh : A Dual Biography, Jan
Hulsker, Fuller Publications, 1990.

Vincent Van Gogh correspondance générale, sous la dir.
de Georges Charensol, Gallimard, « Biblos », 1990.

*Brief Happiness. The correspondence between Theo Van
Gogh and Jo Bonger,* Leo Jansen, Jan Robert, H. Van
Crimpen, B.V. Waanders Uitgeverji, 2000.

La Maison du docteur Blanche, Laure Murat, Jean-
Claude Lattès, 2001.

Dans la chambre de Vincent, Wouter van der Veen,
Desmaret, « Les Insoumis », 2004.

REMERCIEMENTS

J'ai imaginé, je n'ai pas inventé. Je suis donc partie à Amsterdam, au musée Van Gogh, chercher le matériau de ce livre. Le bâtiment à l'air d'un bunker. Mais ceux qui en ont la garde préfèrent Vincent à son mythe, ils ne jouent ni les importants ni les savants. Ils semblent encore occupés à rassembler le puzzle, animés de questions plus que de certitudes.

Wouter van der Veen m'a ouvert la porte. Il m'a épaulé tout au long de l'écriture de ce livre. Ses conseils, ses traductions, sa connaissance et son amour de la langue de Van Gogh, m'ont éclairée. L'après-midi passé ensemble dans la bibliothèque du musée à découvrir mot après mot le rapport médical de Théo, longue et clinique agonie, nous laissa tous deux sonnés.

Que soient également remerciés, Fieke Pabst, qui déposait sur ma table les piles dans leurs chemises cartonnées, Leo Jansen et Hans Luijten qui connaissent le plus court chemin parmi la foisonnante correspondance de la famille Van Gogh et me soufflèrent quelques précieux conseils, Chris Stolwijk, fin connaisseur de Théo à qui il lève encore son verre, Sjraar Van Heugten qui me laissa assister médusée à l'accrochage des dessins de Vincent.

Le souvenir des jours passés à Amsterdam ne me quittera pas.

DU MÊME AUTEUR

Aux Éditions L'Iconoclaste

C'ÉTAIT MON FRÈRE... Théo et Vincent Van Gogh, 2006 (Folio n° 4929)

L'INTRANQUILLE, avec Gérard Garouste, 2009

Chez d'autres éditeurs

MAUVAIS GÉNIE, avec Marianne Denicourt, *Stock*, 2005

LA NUIT DU FOUQUET'S, avec Ariane Chemin, *Fayard*, 2007

Composition CPI Bussière
Impression Maury Imprimeur
45330 Malesherbes
le 28 juin 2017.
Dépôt légal : juin 2017.
1ᵉʳ dépôt légal dans la collection : mai 2009.
Numéro d'imprimeur : 219035.

ISBN 978-2-07-034898-5. / Imprimé en France.

322292